अध्याय ७,८

सरश्री

ज्ञान विज्ञान
अक्षर गीता

अज्ञान के लिए सद्गति युक्ति

कर्म रथ में सवार, भक्ति भवन में आकर ज्ञान यज्ञ करने की कला

ज्ञान विज्ञान
अक्षर गीता

अज्ञान के लिए सद्गति युक्ति

by **Sirshree** Tejparkhi

प्रथम आवृत्ति : मई २०१८
प्रकाशक : वॉव पब्लिशिंग्ज् प्रा. लि., पुणे

© Tejgyan Global Foundation
All Rights Reserved 2018.
Tejgyan Global Foundation is a charitable organization
with its headquarters in Pune, India.

© सर्वाधिकार सुरक्षित

वॉव पब्लिशिंग्ज् प्रा. लि. द्वारा प्रकाशित यह पुस्तक इस शर्त पर विक्रय की जा रही है कि प्रकाशक की लिखित पूर्वानुमति के बिना इसे व्यावसायिक अथवा अन्य किसी भी रूप में उपयोग नहीं किया जा सकता। इसे पुनः प्रकाशित कर बेचा या किराए पर नहीं दिया जा सकता तथा जिल्दबंद या खुले किसी भी अन्य रूप में पाठकों के मध्य इसका परिचालन नहीं किया जा सकता। ये सभी शर्तें पुस्तक के खरीददार पर भी लागू होंगी। इस संदर्भ में सभी प्रकाशनाधिकार सुरक्षित हैं। इस पुस्तक का आंशिक रूप में पुनः प्रकाशन या पुनः प्रकाशनार्थ अपने रिकॉर्ड में सुरक्षित रखने, इसे पुनः प्रस्तुत करने की प्रति अपनाने, इसका अनूदित रूप तैयार करने अथवा इलेक्ट्रॉनिक, मैकेनिकल, फोटोकॉपी और रिकॉर्डिंग आदि किसी भी पद्धति से इसका उपयोग करने हेतु समस्त प्रकाशनाधिकार रखनेवाले अधिकारी तथा पुस्तक के प्रकाशक की पूर्वानुमति लेना अनिवार्य है।

Gyan Vigyan
Akshar Gita
Agyan Ke Liye Sadgati Yukti

यह पुस्तक समर्पित है उन सभी आत्मज्ञान के जिज्ञासुओं को, जिनके मन में सत्य की यात्रा के दौरान विविध सवाल उठते हैं और जो इस जीवन में ही परम्गति प्राप्ति का मार्ग खोज रहे हैं।

अज्ञान मिटाने की युक्ति
आखिरी उपहार- भगवद्गीता

―――∽◦◯◦∽―――

एक अर्जुन नाम का लड़का है। वह अपने दादाजी से कहता है कि मुझे अपने जन्मदिन पर दोस्तों के साथ पिकनिक पर जाना है। इसके लिए मुझे कुछ कपड़े खरीदने हैं। आप मुझे बर्थडे गिफ्ट में कुछ पैसे दे दीजिएगा ताकि मैं नए कपड़े ले सकूँ। मगर दादाजी ने क्या दिया? उन्होंने अच्छे से गिफ्ट पैक में उसे श्रीमद्भगवद्गीता दी। गिफ्ट पैक देखकर अर्जुन बड़ा खुश हो गया। उसे लगा इसके अंदर रुपये हैं। चलो अब ७ दिन की पिकनिक पर बड़ा मज़ा आएगा!

जब वह गिफ्ट खोलकर देखता है तो उसकी सारी उम्मीदों पर पानी फिर जाता है। उसे बड़ा गुस्सा आता है। सोचता है, अब मैं दादाजी से कभी बात नहीं करूँगा और वह पिकनिक पर उनसे बिना मिले ही चला जाता है।

सात दिन के बाद जब अर्जुन वापस लौटता है तो पता चलता है कि उसके पीछे दादाजी का देहांत हो गया है। उसको बड़ा झटका लगता है, साथ ही ग्लानि भी होती है कि मैंने जाते वक्त उन्हें गुडबाय भी नहीं कहा। दुःख में वह अपने कमरे में आता है और उस भगवद्गीता को उठाकर खोलता है, जो उसके दादाजी का दिया हुआ **आखिरी उपहार** था। खोलने पर ग्रंथ के अंत पर उसके अंदर से उस बड़े मॉल के गिफ्ट वाउचर निकलते हैं, जहाँ से अर्जुन अपनी शॉपिंग करना चाहता था।

तो देखा आपने, अज्ञान क्या करवाता है। अज्ञान हमें उन दुःखों को भुगतवाता है, जो हमें मिले ही नहीं हैं। हम अपने अज्ञान की वजह से...

सत्य को न जानने की वजह से अपने पास रखे खजाने को भी नहीं जानते और सारी उम्र खुद को गरीब मानकर दुःख और दरिद्रता में रोते हुए जीवन बिता देते हैं। इसलिए ही तो ज्ञान का इतना महत्त्व है।

ज्ञान यानी अनुभव से पता होना...। पता होना ऐसी बात का जिसके पता न होने से पतन हो जाता है... बेड़ा पार नहीं होता...। ज्ञान के बिना भक्ति भी अंधभक्ति बन सकती है...। यह ऐसा अद्भुत ज्ञान है।

ज्ञान की नौका से माया और पाप का समुंदर पार हो सकता है...। ऐसे ज्ञान को पाने के लिए जन्म-जन्मांतर का इंतजार करने की ज़रूरत नहीं है। इसे अभी और यहीं पाना संभव है...। यही हमें गीता का सातवाँ और आठवाँ अध्याय ज्ञानविज्ञान अक्षरयोग सिखाता है।

अर्जुन के उदाहरण से आपने ज्ञान का महत्त्व समझा मगर यह कौन सा ज्ञान है? यह बाहरी जानकारीवाला ज्ञान नहीं है। आजकल लोग जानकारियों को ही ज्ञान समझते हैं। बाहर के जगत में विकास के लिए जानकारी चाहिए मगर अंदर के जगत में विकास के लिए असली ज्ञान चाहिए। गीता के अध्याय सात में श्रीकृष्ण अर्जुन को विज्ञान सहित इसी ज्ञान का रहस्य बताते हैं। वे कहते हैं, 'ज्ञानी भक्त मुझे सबसे प्रिय हैं। वह मेरा ही रूप है (मैं उसका फैन हूँ, वह मेरा फैन है), तू ज्ञानी भक्त बन।'

अर्जुन के साथ-साथ आपके पास भी यह सुनहरा मौका आया है। इस पुस्तक में दी गई समझ को जीवन में उतारकर आप श्रीकृष्ण के प्रिय ज्ञानी भक्त बन सकते हैं। इतना ही नहीं आप स्वयं कृष्ण (चेतना) हो सकते हैं। तो आइए, इस शुभ कर्म का ज्ञानयज्ञ प्रारंभ करें।

...सरश्री

अध्याय ७
ज्ञानविज्ञानयोग

॥ अध्याय ७ सूची ॥

श्लोक	विषय	पृष्ठ
1-7	ज्ञान की महिमा	9
8-11	उच्च चेतना की पहचान	17
12-15	त्रिगुणयोग	23
16-19	ज्ञानी भक्त	29
20-25	देवताओं का रहस्य देवताओं का देवता कौन	37
26-30	मूढ़ (मोहित) और ज्ञानी (मुक्त) में फर्क	47

॥ अध्याय ८ सूची ॥

श्लोक	विषय	पृष्ठ
1-4	अर्जुन के 7 सवालों के जवाब	55
5-10	देहांत वेला – अमृतवेला बने	63
11-16	सद्गति युक्ति	77
17-19	ब्रह्मा का काल रहस्य	93
20-22	परमगति-परम धाम-परम भक्ति	101
23-26	दो मार्गों का ज्ञान– देवयान–पितृयान	109
27-28	योगी पुरुष का मार्ग	119

अध्याय ७

भाग १

ज्ञान की महिमा
॥ १-७ ॥

अध्याय ७

मय्यासक्तमनाः पार्थ योगं युञ्जन्मदाश्रयः। असंशयं समग्रं मां यथा ज्ञास्यसि तच्छृणु।।१।।

ज्ञानं तेऽहं सविज्ञानमिदं वक्ष्याम्यशेषतः। यज्ज्ञात्वा नेह भूयोऽन्यज्ज्ञातव्यमवशिष्यते।।२।।

मनुष्याणां सहस्रेषु कश्चिद्यतति सिद्धये। यततामपि सिद्धानां कश्चिन्मां वेत्ति तत्वतः।।३।।

भूमिरापोऽनलो वायुः खं मनो बुद्धिरेव च। अहङ्कार इतीयं मे भिन्ना प्रकृतिरष्टधा।।४।।

अपरेयमितस्त्वन्यां प्रकृतिं विद्धि मे पराम्। जीवभूतां महाबाहो ययेदं धार्यते जगत्।।५।।

एतद्योनीनि भूतानि सर्वाणीत्युपधारय। अहं कृत्स्नस्य जगतः प्रभवः प्रलयस्तथा।।६।।

मत्तः परतरं नान्यत्किञ्चिदस्ति धनञ्जय। मयि सर्वमिदं प्रोतं सूत्रे मणिगणा इव।।७।।

|| अध्याय ७, श्लोक अनुवाद और गीतार्थ ||

1-2

श्लोक अनुवाद : इसके पश्चात् श्री कृष्णभगवान बोले– हे पार्थ! अनन्य प्रेम से मुझमें आसक्त चित (तथा अनन्य भाव से) मेरे परायण होकर योग में लगा हुआ (तू) जिस प्रकार से सम्पूर्ण विभूति, बल, ऐश्वर्यादि गुणों से युक्त, सबके आत्मरूप मुझको संशयरहित जानेगा, उसको सुन।।१।।

मैं तेरे लिए इस विज्ञानसहित तत्व ज्ञान को सम्पूर्णतया कहूँगा, जिसको जानकर संसार में फिर और कुछ भी जानने योग्य शेष नहीं रह जाता।।२।।

गीतार्थ : प्रस्तुत श्लोक में पहले श्रीकृष्ण अर्जुन की ज्ञान पाने की पात्रता को स्वीकार कर रहे हैं। अर्जुन को श्रीकृष्ण से अनन्य प्रेम है इसलिए तो उसने उनकी सेना के बजाय उनका चयन किया। उसकी श्रीकृष्ण में श्रद्धा है, वह उनके प्रति पूर्णतया समर्पित है। इसीलिए उसने अपने मन की व्यथा और कमजोरियों को श्रीकृष्ण के सामने व्यक्त कर, उनसे सहायता माँगी। श्रद्धा, विश्वास और समर्पण ही शिष्य की मुख्य पात्रता होती है।

अर्जुन में ये तीनों गुण हैं इस कारण श्रीकृष्ण उसको अपना ज्ञान (तत्वज्ञान) और अपनी माया का ज्ञान (विज्ञान) दे रहे हैं। वे कहते हैं– इस (ज्ञान, विज्ञान) को जानकर संसार में कुछ भी जानना शेष नहीं रहता क्योंकि यह सर्वोच्च ज्ञान है। इसको जानकर इंसान को ईश्वर और उसकी रचना के बारे में कोई प्रश्न... कोई संदेह शेष नहीं रहता है।

आगे बढ़ने से पहले तीन शब्दों को अच्छे से समझना आवश्यक है। वे हैं – ज्ञान, विज्ञान और अज्ञान। संसार में ज्ञान का मतलब जानकारी (इंफॉर्मेशन, नॉलेज) से लिया जाता है। 'मुझे इस बात का ज्ञान है, मुझे उस बात का ज्ञान है...' लोग अकसर ऐसा कहते रहते हैं। विज्ञान को टेक्नोलोजी और साइंस से जोड़ा जाता है। जो पढ़ा-लिखा नहीं है, जिसने सांसारिक पढ़ाई नहीं की है, उसे अज्ञानी कहा जाता है। संसार में प्रचलित ये तीनों ही परिभाषाएँ मूलतः गलत हैं।

जो ज्ञान आत्मबोध कराए, जिस ज्ञान को पाकर 'मैं कौन हूँ' का जवाब

अध्याय ७ : ३

अनुभव में उतर जाए, वह वास्तविक ज्ञान है। यह ज्ञान मन, बुद्धि और अहंकार से परे है। इस ज्ञान के अतिरिक्त संसार में जो भी प्रपंच या माया है, वह विज्ञान है। इस 'विज्ञान' को ही संसार में 'ज्ञान' कहा जाता है। इसे ऐक्सप्लोर करने के लिए संसार में अनेक शाखाएँ और विषय (कला, विज्ञान, वाणिज्य आदि) बने हुए हैं। इनको पढ़कर इंसान विज्ञान को ही असली 'ज्ञान' समझने लगता है। यह भी उसका अज्ञान है। इस अध्याय में श्रीकृष्ण अर्जुन को विज्ञान सहित ज्ञान दे रहे हैं। जिसे जानकर और कुछ जानना शेष नहीं रह जाता।

3

श्लोक अनुवाद : परंतु- हजारों मनुष्यों में कोई एक मेरी प्राप्ति के लिए यत्न करता है (और उन) यत्न करनेवाले योगियों में भी कोई एक (मेरे परायण होकर) मुझको तत्व से अर्थात यथार्थ रूप से जानता है।।३।।

गीतार्थ : श्रीकृष्ण अर्जुन को कहते हैं कि संसार में असंख्य मनुष्य हैं। मगर वे माया के वशीभूत होकर स्वयं को व्यक्ति (अलग अहंकार) मान अपना सीमित जीवन जी रहे हैं। उन अनेकानेक मनुष्यों में से बहुत ही कम के मन में ईश्वर प्राप्ति की इच्छा जगती है। मैं कौन हूँ, कहाँ से आया हूँ, मेरे जीवन का उद्देश्य क्या है... ऐसे जिज्ञासु प्रश्न लाखों में से किसी एक इंसान के अंदर ही पनपते हैं, जो उसे सत्य के मार्ग पर चलने को प्रेरित करते हैं। लेकिन उनमें से बहुत कम को सही मार्ग और सही गुरु मिलते हैं। और उनमें से भी बहुत कम लोग अपनी वृत्तियों व अहंकार पर कार्य कर और ईश्वर प्राप्ति के लिए मिले ज्ञान को जीवन में उतारकर योगी बनते हैं। और उन योगियों में से भी कुछ ही आत्मबोध की अवस्था तक पहुँचकर उसमें स्थापित हो पाते हैं।

ऐसा आपने बड़े-बुजुर्गों या साधु-संतों के मुख से सुना होगा

अध्याय ७ : ४-५

कि मनुष्य जन्म मिलना बहुत बड़ी कृपा है। ऐसा इसलिए कहा जाता है क्योंकि सिर्फ मनुष्य में ही ईश्वर प्राप्ति (स्वअनुभव पाने) की संभावनाएँ हैं। मनुष्य जन्म मिला यह पहली कृपा है। उस जन्म में यदि सत्य की प्यास भी जगी, यह दूसरी बड़ी कृपा है। सत्य की प्यास जगी और उस पर सही ज्ञान देनेवाले गुरु भी मिल गए तो यह तीसरी बड़ी कृपा है क्योंकि गुरु के मार्गदर्शन के बिना परम ज्ञान जीवन में उतर पाना अति कठिन है। इसके बाद चौथी बड़ी कृपा है उस गुरु के प्रति पूर्ण विश्वास, श्रद्धा और समर्पण (आज्ञा पर चलने का साहस) का जगना। क्योंकि इनके बिना गुरु द्वारा दिया गया ज्ञान जीवन में नहीं उतरेगा।

ईश्वर कृपा से गुरु मिलते हैं और गुरु कृपा से ईश्वर मिलते हैं। श्रीकृष्ण की कृपा से अर्जुन पर ये पाँचों कृपाएँ हो चुकी हैं। उसमें आत्मबोध पाने की पूर्ण संभावनाएँ जग चुकी हैं। इसीलिए श्रीकृष्ण उसे विज्ञान सहित पूर्ण ज्ञान देने के लिए तत्पर हैं।

4-5

श्लोक अनुवाद : परंतु हे अर्जुन!– पृथ्वी, जल, अग्नि, वायु, आकाश, मन, बुद्धि और अहंकार भी– इस प्रकार ये आठ प्रकार से विभाजित मेरी प्रकृति है।।४।।

यह (आठ प्रकार के भेदोंवाली) तो अपरा अर्थात मेरी जड़ प्रकृति है (और) हे महाबाहो! इससे दूसरी को, जिससे यह (सम्पूर्ण) जगत धारण किया जाता है, मेरी जीवरूपा परा अर्थात् चेतन प्रकृति जान।।५।।

गीतार्थ : पहले दो श्लोकों में श्रीकृष्ण ने जिस ज्ञान और विज्ञान का जिक्र किया, इस श्लोक में उसको ही विस्तार दे रहे हैं। वे कहते हैं मेरी प्रकृति के दो भेद हैं – पहला है 'ज्ञान' जिसे मेरी 'परा' अथवा 'चेतन' प्रकृति भी कहते हैं और दूसरा है– 'विज्ञान' जिसे 'अपरा' या 'जड़' प्रकृति भी कहते हैं।

अध्याय ७ : ४-५

इस संसार में मेरा (चैतन्य) जो भी स्थूल अथवा सूक्ष्म प्रकटीकरण है- वह माया, अपरा या जड़ प्रकृति है। यह आठ भेदों में बँटी हुई है जो हैं-पृथ्वी, जल, अग्नि, वायु, आकाश, मन, बुद्धि और अहंकार। इन्हीं तत्वों से मिलकर संसार में अलग-अलग चीजों की रचना हुई है। इन आठों तत्वों से मिलकर माया ने जिस बेस्ट खिलौने का निर्माण किया है, वह है 'जीव' अथवा इंसान। इंसानों का स्थूल शरीर पृथ्वी, जल, अग्नि, वायु और आकाश (स्पेस) इन पाँच तत्वों से बना है। इसके अतिरिक्त उनमें मन (विचार), बुद्धि (सोचने-समझने, निर्णय लेने की शक्ति) और अहंकार (मैं का भाव) भी होता है। लेकिन यह जड़ जीव तब तक मात्र एक शव है, जब तक कि उसमें चैतन्य या परा प्रकृति का वास न हो।

इसलिए आगे श्रीकृष्ण बताते हैं- मैं अपनी चेतन प्रकृति (चैतन्य, चेतना) से इस जड़ जीव को सजीव करता हूँ। मेरी चेतन प्रकृति ही इस संपूर्ण जगत की अधिष्ठान (मूल, बेस) तत्व है। इसी से सारा स्थूल और सूक्ष्म जगत चलायमान है।

इसे ऐसे भी समझ सकते हैं कि एक मोबाइल है। भले ही वह कितनी ही खूबियों से युक्त हो, उसका बेस्ट हार्डवेयर हो, उसमें एक से एक ऐप्लीकेशन, गेम्स आदि हों, उसका कैमरा, साउंड सिस्टम बेस्ट हो... मगर क्या वह बिना चार्ज हुए कार्य करेगा...? नहीं तमाम खूबियों के बावजूद वह तब तक एकदम बेकार है, जब तक कि उसकी बैटरी चार्ज न हो...। तो समझिए यदि वह मोबाइल जीव है तो चेतना उसकी चार्जड् बैटरी है। उस ऐनर्जी के बिना मोबाइल अनुपयोगी और बेकार है। इस बात को विस्तार देते हुए यदि इस संपूर्ण जगत को ही मोबाइल समझें तो चैतन्य उसे चलानेवाली चार्जिंग या ऐनर्जी है।

ईश्वर ने अपनी जड़ प्रकृति के द्वारा मोबाइल (सृष्टि) का निर्माण किया है और चेतन प्रकृति द्वारा उसे वर्किंग कंडीशन दी है यानी उसे चलायमान किया है।

अध्याय ७ : ६-७

6-7

श्लोक अनुवाद : और हे अर्जुन! तू– ऐसा समझ (कि) सम्पूर्ण भूत इन दोनों प्रकृतियों से ही उत्पन्न होनेवाले हैं (और) मैं सम्पूर्ण जगत का प्रभव तथा प्रलय हूँ (अर्थात् सम्पूर्ण जगत का मूल कारण हूँ।)।।६।।

इसलिए– हे धनंजय! मुझसे भिन्न दूसरा कोई भी परम (कारण) नहीं है। यह सम्पूर्ण (जगत) सूत्र में (सूत्र के) मणियों के सदृश मुझमें गुँथा हुआ है।।७।।

गीतार्थ : श्रीकृष्ण कहते हैं– संसार के सारे प्राणी और बाकी सभी इन्हीं दो प्रकृतियों के मेल से उत्पन्न एवं चलायमान होते हैं। किसी चीज में किसी तत्व की प्रधानता होती है, किसी में किसी दूसरे तत्व की... मगर इन्हीं आठ तत्वों के अलग-अलग कॉम्बिनेशन से ही यह संसार रचा गया है।

जड़ (मशीन) और चेतन (चार्जिंग) के मेल से संसार में अलग-अलग चीजें उत्पन्न हो रही हैं, फल-फूल रही हैं। दोनों के मिलने से माया का यह खूबसूरत खेल चल रहा है। ईश्वर ने माया के इस खेल को चलाने और रोचक बनाने हेतु इसमें अनेक गुण, विज्ञान, कलाएँ और विद्याएँ बनाई हैं। जैसे– भौतिक विज्ञान, रसायन, जीव-विज्ञान, भू-विज्ञान, अंतरिक्ष विज्ञान, चिकित्सा विज्ञान, ज्योतिष, सिद्धियाँ, भाषा-व्याकरण, छंद-अलंकार, वेद-शास्त्र, गणित, नृत्य, गायन, संगीत, वादन, लेखन, चित्रकला आदि सभी प्रकार की कलाएँ, क्रीड़ाएँ। इनका उद्देश्य मानव की संभावनाओं का विकास करना, उसके सद्गुणों को विकसित करना और उन्हें अभिव्यक्ति का मौका देना है। ये संसार (माया) की खूबसूरती बढ़ाने, उसका विकास करने, उसे रोचक और मनोरंजक बनाने का काम करती हैं। ये सब भी अपरा या विज्ञान का ही पार्ट हैं।

अध्याय ७ : ६-७

आगे श्रीकृष्ण कहते हैं कि मैं ही इस मायावी जगत के प्रभव यानी उत्पन्न होने एवं प्रलय यानी नष्ट होने की घटना हूँ। अर्थात इस सारे जगत के बनने, चलने और नष्ट होने का मूल हूँ। जैसे सागर के अंदर एक लहर उठती है। वह थोड़ी देर सागर में ही उछलती-कूदती है। उस वक्त कुछ क्षणों के लिए वह सागर नहीं बल्कि लहर कहलाती है। उसमें पानी होता है, उछाल होता है, गति होती है... यही उसके गुण होते हैं। ये सब गुण भी उसे सागर से ही मिलते हैं। मूलतः होती वह सागर ही है, फिर भी उसका कुछ पलों के लिए लहर नाम से अलग अस्तित्व प्रतीत होने लगता है। थोड़े समय क्रीडा कर अंततः वह सागर में ही विलीन हो जाती है।

ठीक इसी प्रकार चैतन्य की दोनों प्रकृतियों जड़ और चेतन से मिलकर यह संपूर्ण सृष्टि (स्थूल एवं सूक्ष्म) अस्तित्व में आती है और फिर उसका विकास प्रारंभ होता है, उसमें माया का खेल चलता है और अंततः वह चैतन्य में ही विलीन हो जाती है।

श्रीकृष्ण कहते हैं- इस संपूर्ण जगत और उसके भागों को यदि मोतियों की संज्ञा दी जाए तो मैं वह सूत्र या धागा हूँ, जिसमें वे मोती पिरोए हुए हैं। इस सृष्टि में मुझसे बाहर, मुझसे परे और मुझसे अलग कुछ भी नहीं है।

● मनन प्रश्न :

१. श्रद्धा, विश्वास और समर्पण शिष्य की पात्रता का पैमाना है। मनन करें कि आपके भीतर अपने गुरु के प्रति कितनी श्रद्धा और विश्वास जगा है? मन को समर्पित करने के संदर्भ में आपकी समझ क्या कहती है?

२. सागर और लहर के उदाहरण से आपने क्या समझा? क्या आप अपने भीतर सागर और लहर को पहचान पाते हैं? मनन करें कि विचारों का उठना और गिरना किस बात का प्रतीक है?

अध्याय ७

भाग २

उच्च चेतना की पहचान
॥ ८-११ ॥

अध्याय ७

रसोऽहमप्सु कौन्तेय प्रभास्मि शशिसूर्ययो:। प्रणव: सर्ववेदेषु शब्द: खे पौरुषं नृषु।।८।।
पुण्यो गन्ध: पृथिव्यां च तेजश्चास्मि विभावसौ। जीवनं सर्वभूतेषु तपश्चास्मि तपस्विषु।।९।।
बीजं मां सर्वभूतानां विद्धि पार्थ सनातनम्। बुद्धिर्बुद्धिमतामस्मि तेजस्तेजस्विनामहम्।।१०।।
बलं बलवतां चाहं कामरागविवर्जितम्। धर्माविरुद्धो भूतेषु कामोऽस्मि भरतर्षभ।।११।।

|| अध्याय ७, श्लोक अनुवाद और गीतार्थ ||

8-9

श्लोक अनुवाद : कैसे कि- हे अर्जुन! मैं जल में रस (हूँ), चन्द्रमा और सूर्य में प्रकाश हूँ, सम्पूर्ण वेदों में ओंकार (हूँ), आकाश में शब्द (और) पुरुषों में पुरुषत्व (हूँ)।।८।।

तथा मैं- पृथ्वी में पवित्र गंध* और अग्नि में तेज हूँ तथा सम्पूर्ण भूतों में (उनका) जीवन (हूँ) और तपस्वियों में तप हूँ।।९।।

गीतार्थ : परमचैतन्य ऐसा है, जो हर कण, हर क्षण में है। मगर उसे हम ऐसे नहीं देख सकते जैसे स्थूल चीजों को देख सकते हैं। वह हर चीज के बैकग्राउंड में बैठा हुआ उस चीज को ऐक्टिवेट कर रहा है। जैसे कठपुतली के खेल में नाचती-गाती कठपुतलियाँ बच्चों को असली प्रतीत होती हैं। वे सोचते हैं- गुड्डा-गुड्डी ही नृत्य कर रहे हैं, गा रहे हैं। मगर वास्तव में उन्हें चलाने, नचानेवाला बैकग्राउंड में बैठा होता है। ठीक इसी प्रकार हर जीव, हर वस्तु, हर तत्व के पीछे वही एक चैतन्य है। जीव में उठनेवाले भावों, विचारों और उसके गुणों का स्रोत भी वही एक चैतन्य है।

इसी बात को समझाते हुए श्रीकृष्ण अर्जुन को बता रहे हैं कि 'जल में मैं रस हूँ। चंद्रमा और सूर्य में मैं प्रकाश हूँ।' यहाँ रस या तरलता जल का मूल गुण है। प्रकाश, सूर्य और चंद्रमा का मूल गुण है। सूर्य जिस प्रकाश को धारण करता है, वह चैतन्य है।

वे आगे कहते हैं- 'सम्पूर्ण वेदों में ओंकार हूँ। आकाश में शब्द और पुरुषों में पुरुषत्व हूँ।' वेदों में मैं ओंकार यानी मूल ध्वनि हूँ। इसी मूल ध्वनि (परम मौन) से सारे वेद और ग्रंथ निकलते हैं। आकाश में मैं खालीपन की ध्वनि

---

*शब्द, स्पर्श, रूप, रस, गंध से इस प्रसंग में इनके कारण रूप तन्मात्राओं का ग्रहण है, इस बात को स्पष्ट करने के लिए उनके साथ पवित्र शब्द जोड़ा गया है।

अध्याय ७ : १०-११

(शब्द) हूँ यानी आकाश में जो स्पेस या खालीपन का गुण है, वह भी मैं चैतन्य ही हूँ। जिन पुरुषत्व गुणों के कारण पुरुष, पुरुष कहलाता है, वे सभी गुण भी मैं ही हूँ। इसी तरह मैं अग्नि में तेज या चमक, पृथ्वी में उसकी गंध और सारे प्राणियों में उनका जीवन (चेतना) हूँ। तपस्वियों में जो तप का गुण है वह भी मैं ही हूँ।

10-11

श्लोक अनुवाद : तथा- हे अर्जुन! (तू) सम्पूर्ण भूतों का सनातन बीज मुझको (ही) जान। मैं बुद्धिमानों की बुद्धि (और) तेजस्वियों का तेज हूँ।।१०।।

और- हे भरतश्रेष्ठ! मैं बलवानों का आसक्ति और कामनाओं से रहित बल अर्थात सामर्थ्य हूँ और सब भूतों में धर्म के अनुकूल अर्थात शास्त्र के अनुकूल काम हूँ।।११।।

गीतार्थ : मान लीजिए, एक सुनार है। उसकी दुकान पर अलग-अलग तरह के स्वर्ण आभूषण सजे हैं। सबकी अलग-अलग बनावट व गुण हैं। कोई दिखने में छोटा है, कोई बड़ा, किसी में दूसरे धातुओं की मिक्सिंग है। किसी में लचीलापन ज्यादा है, किसी में कम। कोई दिन में ज्यादा चमकता है, कोई रात में...। स्वर्णकार ने उनकी बाहरी परत को भी अलग-अलग रंगों से सजाया है। रंग-रूप, प्रकृति आदि में इतना अलगपन होते हुए भी उनमें एक बात समान है, उनका बेस यानी मूल आधार स्वर्ण है। स्वर्ण ही उनका अधिष्ठान धातु है।

ठीक इसी प्रकार हर वस्तु या जीव का मूल अधिष्ठान वह चैतन्य ही है। यही बात श्रीकृष्ण अर्जुन को विभिन्न उदाहरणों से समझा रहे हैं। वे कहते हैं- संपूर्ण जीवों में जो सनातन यानी 'सदा रहनेवाला' बीज (तत्व) है वह मैं चैतन्य ही हूँ। बुद्धिमानों में जो बुद्धि-विवेक का गुण है, वह भी

अध्याय ७ : १०-११

मैं ही हूँ। तेजस्वि व्यक्तियों का तेज भी मैं ही हूँ। बलवानों का– कामनाओं और मोह से रहित शुद्ध बल यानी सामर्थ्य भी मैं ही हूँ। इसके अतिरिक्त सारे जीवों में जो वासनारहित सहज काम भावना है, वह भी मैं ही हूँ...। ये सभी गुण मुझ एक स्रोत से ही निकले हैं, जिनसे इस संसार की लीला चल रही है।

अध्याय ७ : १०-११

● मनन प्रश्न :

१. संसार की लीला में दिखनेवाले सभी चरित्र, उनके गुणधर्म, घटनाएँ, उनमें पैदा होनेवाली भावनाएँ चेतना की वजह से है। इन श्लोकों का अर्थ समझकर अब आप अपने नज़रिए में क्या फर्क महसूस करते हैं? आपको चरित्र दिखायी देता है या चेतना?

२. अदृश्य शक्ति (चेतना) पर आपको कितना विश्वास है?

अध्याय ७

भाग ३

त्रिगुणयोग
|| १२-१५ ||

अध्याय ७

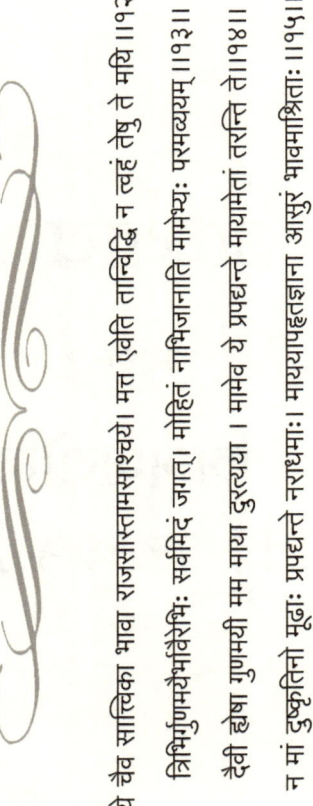

ये चैव सात्त्विका भावा राजसास्तामसाश्चये। मत्त एवेति तान्विद्धि न त्वहं तेषु ते मयि ॥१२॥

त्रिभिर्गुणमयैर्भावैरेभि: सर्वमिदं जगत्। मोहितं नाभिजानाति मामेभ्य: परमव्ययम् ॥१३॥

दैवी ह्येषा गुणमयी मम माया दुरत्यया । मामेव ये प्रपद्यन्ते मायामेतां तरन्ति ते॥१४॥

न मां दुष्कृतिनो मूढा: प्रपद्यन्ते नराधमा:। माययापहृतज्ञाना आसुरं भावमाश्रिता: ॥१५॥

|| अध्याय ७, श्लोक अनुवाद और गीतार्थ ||

12-13

श्लोक अनुवाद : तथा- और भी जो सत्त्वगुण से उत्पन्न होनेवाले भाव हैं (और) जो रजोगुण से तथा तमोगुण से होनेवाले भाव हैं, उन सबको (तू) 'मुझसे ही (होनेवाले हैं)' ऐसा जान, परन्तु (वास्तव में)¹ उनमें मैं (और) वे मुझमें नहीं हैं।।१२।।

किंतु- गुणों के कार्यरूप सात्त्विक, राजस और तामस- इन तीनों प्रकार के भावों से² यह सारा संसार- प्राणिसमुदाय मोहित हो रहा है, (इसीलिए) इन तीनों गुणों से परे मुझ अविनाशी को नहीं जानता।।१३।।

गीतार्थ : प्रस्तुत श्लोक में इंसान की तीन प्रकृतियों का जिक्र है- सत् , रज और तम। आइए, पहले इन्हें समझते हैं। इंसान में तीन मूल गुण होते हैं- सत्, रज और तम। ये तीनों गुण ही इंसान को कर्म करने को प्रेरित करते हैं मगर तीनों गुणों के अलग-अलग भाव होते हैं।

तमोगुणी शरीर को आराम पसंद होता है। सुस्ती, तंद्रा, अति निद्रा, आलस्य, कामचोरी, लापरवाही, गुस्सा आदि तमोगुण की निशानी है। रजोगुणी स्वभाव का इंसान काम के पीछे बिना रुके, कभी समझे कभी बिना समझे लगातार दौड़ता है। वह कभी रुककर यह नहीं सोचता कि वह जो कर रहा है, क्यों कर रहा है? इस काम का, इस जीवन का क्या उद्देश्य है? वह महसूस ही नहीं करता कि उसके आस-पास क्या हो रहा है या उसके अंदर कौन सी बातें जा रही हैं। उसे सिर्फ यह पता होता है कि एक काम पूरा करने के बाद आगे उसे कौन सा काम करना है।

---

१. मुझ निराकार परमात्मा से यह सब जगत् (जल से बर्फ के सदृश) परिपूर्ण है और सब भूत मेरे अंतर्गत संकल्प के आधार स्थित हैं, (किंतु वास्तव में) मैं उनमें स्थित नहीं हूँ।
वे सब भूत मुझमें स्थित नहीं हैं, (किंतु) मेरी ईश्वरीय योगशक्ति को देख (कि) भूतों का धारण-पोषण करनेवाला और भूतों को उत्पन्न करनेवाली भी मेरी आत्मा (वास्तव में) भूतों में स्थित नहीं है।

२. अर्थात् राग-द्वेषादि विकारों से और सम्पूर्ण विषयों से।

अध्याय ७ : १२-१३

सत्वगुण को तम और रज से बेहतर माना जाता है क्योंकि इस गुण का शरीर अच्छे कार्य करता है। वह समाजसेवा करता है, गरीबों में अन्न, सामान आदि का वितरण, भंडारा, लंगर, धर्मशाला बनवाना, दान देना जैसे कार्य करता है। इस वजह से उसे समाज में प्रतिष्ठा, मान-सम्मान मिलता है। मगर यही मान-सम्मान उसके अहंकार को बढ़ा भी सकता है।

श्रीकृष्ण कहते हैं, इन तीनों गुणों से जो भाव पैदा होते हैं, वास्तव में वे मेरे से ही उत्पन्न होते हैं। हर गुण, हर भाव का स्रोत मैं ही हूँ। लेकिन फिर भी मैं उनसे परे यानी अलग हूँ यानी उनमें लिप्त नहीं हूँ। हर भाव, गुण, विचार... सबका स्रोत चैतन्य है, फिर भी न तो वह उनसे बंधा है, न ही उनसे चिपका है।

सभी प्राणियों में ये तीनों गुण अलग-अलग अनुपात में रहते हैं। किसी में तम प्रधान होता है, किसी में रज् और किसी में सत्व। ये तीनों गुण ही मनुष्यों के अंदर कर्म करने के विचार प्रेरित करते हैं और उनसे क्रिया करवाते हैं।

जैसे एक तमोगुणी इंसान को काम करने से ज्यादा काम टालने के विचार आते हैं। एक रजोगुणी को काम न होने पर भी अगला काम खोजने के विचार आते हैं। देखनेवाले को लगेगा कि फँला इंसान ऐसा है... वह कामचोर है, कर्मठ है। लेकिन वास्तव में उनसे ये सब उनकी कर्म प्रकृति तम, रज, सत् ही करवाती हैं। इन्हीं तीन गुणों के कारण उनमें राग, द्वेष, ईर्ष्या, महत्त्वाकांक्षा आदि भाव जगते हैं। इन भावों से प्रेरित होकर इंसान द्वारा आगे के विचार और कर्म चलते हैं।

इस प्रकार मूलतः इन तीन गुणों से ही सारा संसार मोहित होकर, जीवन की भागदौड़ में लगा हुआ है। और इस सब माया के रचयिता उस परमचैतन्य को नहीं जान पाता।

अध्याय ७ : १४-१५

14-15

श्लोक अनुवाद : क्योंकि यह अलौकिक अर्थात अति अद्भुत त्रिगुणमयी मेरी माया बड़ी दुस्तर है; (परन्तु) जो पुरुष (केवल) मुझको ही (निरंतर) भजते हैं, वे इस माया को उल्लंघन कर जाते हैं अर्थात् संसार से तर जाते हैं।।१४।।

ऐसा सुगम उपाय होने पर भी– माया के द्वारा जिनका ज्ञान हरा जा चुका है, (ऐसे) आसुर-स्वभाव को धारण किए हुए, मनुष्यों में नीच, दूषित कर्म करनेवाले मूढ़ लोग मुझको नहीं भजते।।१५।।

गीतार्थ : श्रीकृष्ण तीन गुणों सत्, रज और तम से बनी त्रिगुणमयी माया को बड़ी अद्भुत और अलौकिक बताते हुए कह रहे हैं कि इसे समझना बड़ा दुस्तर यानी कठिन है और इसका पार पा जाना तो बहुत ही दुर्लभ है। सिर्फ वह इंसान जो ईश्वर भक्ति और ज्ञान को धारण कर, सत्य की साधना करते हुए निरंतर आगे बढ़ रहा हो, वही इस माया रूपी संसार को तैरकर पार कर सकता है। वही इस गूढ़ बात को समझ सकता है कि जीव की अपनी कोई हैसियत नहीं है। वह ईश्वर प्रदत्त (दिया हुआ) प्रकृति के अधीन होकर अपना जीवन जीता है। वह स्वयं अपने लिए निर्णय नहीं ले पाता, उसकी वृत्तियाँ, उसका मूल गुण (सत, रज, तम) ही उसके लिए निर्णय लेते हैं।

इंसान को जब सत्य की समझ मिलती है तो वह तीनों गुणों से पार जाकर गुणातीत अवस्था प्राप्त करता है। जिसमें इंसान शरीर के सत्, रज या तम गुणों से बँधा हुआ नहीं रहता। वह ज़रूरत अनुसार उन गुणों का उपयोग कर, आसानी से उनसे अलग भी हो जाता है। अर्थात उसे शरीर के गुणों से किसी तरह का कोई मोह या चिपकाव नहीं रहता है। वह तीनों अवस्थाओं से मुक्त होता है, साथ ही कर्ताभाव (यह मैंने किया)

अध्याय ७ : १४-१५

के अहंकार से भी मुक्त होता है। क्योंकि उसे समझ होती है कि वास्तव में इस शरीर से कौन (सेल्फ) कार्य कर रहा है।

गुणातीत शरीर में निर्णय सेल्फ लेता है। वह गुणातीत शरीर के माध्यम से अपना अनुभव एवं अभिव्यक्ति कर पाता है।

आगे श्रीकृष्ण कहते हैं– संसार में ज्यादातर लोग माया के अज्ञान से बंधें हैं। वे मूढ़ लोग (जो सही और गलत में भेद न कर सके) आसुरी स्वभाव यानी अज्ञान को धारण किए हुए अपने सांसारिक लाभ हेतु उल्टे-सीधे कर्म करते रहते हैं। वे न मेरी भक्ति करते हैं, न ही मुझे जानने का प्रयास करते हैं। ऐसे लोग अपने में ही मस्त, अपने सुख-दुःख को सत्य मानकर, उसमें ही उलझे हुए माया के कीचड़ में पड़े रहते हैं। उनकी कभी मुक्ति नहीं हो पाती।

● मनन प्रश्न :

१. क्या आपने जाग्रत रहते हुए खुद को रज, तम या सत के बंधन में बंधा हुआ देखा है? मनन करें कि इन गुणों के वशीभूत होकर आप किस तरह का विशिष्ट व्यवहार कर रहे हैं?

२. मनन करें कि जो देखनेवाला है, वह कौन है? क्या वह बंधन में है या बंधन से बाहर है इसलिए देख पा रहा है?

अध्याय ७

भाग ४

ज्ञानी भक्त
॥ १६-१९ ॥

अध्याय ७

चतुर्विधा भजन्ते मां जनाः सुकृतिनोऽर्जुन। आर्तो जिज्ञासुरर्थार्थी ज्ञानी च भरतर्षभ।।१६।।

तेषां ज्ञानी नित्ययुक्त एकभक्तिर्विशिष्यते । प्रियो हि ज्ञानिनोऽत्यर्थमहं स च मम प्रियः।।१७।।

उदाराः सर्व एवैते ज्ञानी त्वात्मैव मे मतम्। आस्थितः स हि युक्तात्मा मामेवानुत्तमां गतिम्।।१८।।

बहूनां जन्मनामन्ते ज्ञानवान्मां प्रपद्यते। वासुदेवः सर्वमिति स महात्मा सुदुर्लभः।।१९।।

|| अध्याय ७, श्लोक अनुवाद और गीतार्थ ||

16

श्लोक अनुवाद : और– हे भरतवंशियों में श्रेष्ठ अर्जुन! उत्तम कर्म करनेवाले अर्थार्थी[१], आर्त[२], जिज्ञासु[३] और ज्ञानी–(ऐसे) चार प्रकार के भक्तजन मुझको भजते हैं ।।१६।।

गीतार्थ : प्रस्तुत श्लोक में श्रीकृष्ण अर्जुन को ईश्वर भक्तों के प्रकार बता रहे हैं, जो इस प्रकार हैं–

१. अर्थार्थी – यहाँ अर्थ का मतलब धन–संपदा, सांसारिक ऐश्वर्य और लाभ से है। ऐसे भक्त ईश्वर से सुख–सुविधा, धन–संपत्ति जैसी मायावी चीज़ों की आशा में उनकी भक्ति करते हैं। वे अपनी भक्ति के फलस्वरूप उनसे सांसारिक माँग करते रहते हैं। कई लोगों को इस बात पर पूरा विश्वास होता है कि 'मैं ईश्वर से जो भी माँगता हूँ, ईश्वर मुझे वह देता है।' विश्व में ऐसे कई लोग होंगे, जिन्हें यह विश्वास रहा होगा कि वे ईश्वर से जो भी माँगेंगे, उन्हें ज़रूर मिलेगा। उन्होंने सिर्फ ईश्वर से ईश्वर को ही नहीं माँगा होता है बस!

२. आर्त – आर्त का मतलब होता है पीड़ित, दुःखी। कुछ भक्त अपने दुःखों से मुक्ति पाने के लिए ईश्वर की शरण में आते हैं। लेकिन ऐसे भक्त परमनंट भक्त नहीं होते। जैसे वे किसी से सुन लेते हैं कि 'फलाँ देव या देवी जल्दी दुःख हरते हैं' तो वे उसकी पूजा करना शुरू कर देते हैं। थोड़े समय बाद यदि उनकी समस्या दूर हो गई तो वे सुख में भक्ति छोड़ देते हैं। क्योंकि अब उनकी ज़रूरत पूरी हो चुकी होती है। और यदि उनका दुःख दूर नहीं हुआ तो वे निराशा में भक्ति करना छोड़कर, फिर नई आशा से किसी और देवता की शरण में जाते हैं।

अर्थार्थी और आर्त भक्त सकाम भक्ति करते हैं। इसलिए वे ईश्वर भक्ति के लिए कर्मकाण्ड और विधियों के तरीके अपनाते हैं । ये तरीके धार्मिक ग्रंथों में उनके फल के साथ वर्णित होते हैं या किसी के द्वारा बताए जाते हैं कि 'फलाँ

---

१. सांसारिक पदार्थों के लिए भजनेवाला।

२. संकट निवारण के लिए भजनेवाला।

३. मुझको यथार्थ रूप से जानने की इच्छा से भजनेवाला।

तरीके से पूजा करने पर फलाँ फल की प्राप्ति होगी।' उस फल प्राप्ति के लिए वे उस कर्मकाण्ड को पूरी श्रद्धा से करते हैं। देखा जाए तो यह ईश्वर भक्ति नहीं है, यह फल भक्ति है मगर उन्हें भक्ति का यही तरीका पता होता है।

३. जिज्ञासु – जिज्ञासु ऐसे व्यक्ति को कहा जाता है, जिसके मन में कुछ जिज्ञासाएँ या प्रश्न उठते हैं। ये जिज्ञासाएँ उसे बेचैन करती हैं। फिर वह उनके जवाब तलाशने के लिए खोजी बनता है। उसकी जिज्ञासाएँ ही उसके लिए सत्य प्राप्ति के लिए निमित्त बनती हैं। गौतम बुद्ध इसी प्रकार के भक्त (सत्य प्रेमी) थे, जो कुछ जिज्ञासाएँ लेकर घर से निकल पड़े थे। अर्जुन भी इसी प्रकार का भक्त है। उसकी जिज्ञासा के कारण ही संसार को गीता का उच्चतम ज्ञान मिला।

जिज्ञासु भक्तों के अंदर पहले 'मैं कौन हूँ? इस पृथ्वी पर क्यों हूँ? इस पृथ्वी पर आने का मेरा उद्देश्य क्या है? ईश्वर क्या है?' इस तरह के सवाल उठने लगते हैं। फिर उनके अंदर स्वयं को तथा ईश्वर को जानने की जोरदार इच्छा जागृत होती है। यह शुरुआती अवस्था है, जो महत्त्वपूर्ण है क्योंकि इन सवालों के ज़रिए वह सत्य की खोज में चल पड़ता है। ऐसे भक्त को यदि सही सत्संग, गुरु, सत्य श्रवण, पठन आदि का साथ मिल जाए तो उसका सही आध्यात्मिक विकास होता है।

४. ज्ञानी – ज्ञानी भक्त वह होता है, जो ईश्वर को उसके मूल स्वरूप में जानकर उसकी भक्ति करता है। जो सिर्फ ईश्वर प्रेम में डूबकर, ईश्वर के लिए ही भक्ति करता है। ऐसे भक्तों के लिए उनकी भक्ति ही उस भक्ति का फल बन जाती है। जैसे कोई एक बच्चे को कहे कि तुम खेलकर आओगे तो मैं तुम्हें पुरस्कार दूँगा। इस पर वह बच्चा कहता है, खेलने के लिए मुझे पुरस्कार के लालच की ज़रूरत नहीं क्योंकि खेलना ही मेरे लिए पुरस्कार है...।

कहने का तात्पर्य यह है कि ज्ञानी भक्त राम (तत्वज्ञान) और हनुमान (निष्काम भक्ति) का संगम होता है। वह भक्ति के आनंद के लिए भक्ति करता है और कर्म के लिए कर्म करता है।

अध्याय ७ : १७

17

श्लोक अनुवाद : उनमें नित्य मुझमें एकीभाव से स्थित अनन्य प्रेम भक्तिवाला ज्ञानी भक्त अति उत्तम है; क्योंकि (मुझको तत्त्व से जाननेवाले) ज्ञानी को मैं अत्यन्त प्रिय हूँ और वह ज्ञानी मुझे (अत्यन्त) प्रिय है।।१७।।

गीतार्थ : श्रीकृष्ण कह रहे हैं कि मुझे तत्व से जानकर, मेरे प्रति निष्काम भक्ति और प्रेम रखनेवाला ज्ञानीभक्त मुझे अति प्रिय है। इस तरह की भक्ति में भक्त सभी में ईश्वर को ही देखते हैं। इसे अनन्य भक्ति कहा गया है। अनन्य यानी जहाँ दूसरा और कोई नहीं होता। अनन्य भक्त हमेशा एक ही ईश्वर को हर जगह, हर वातावरण, हर परिस्थिति और हर एक में देखता है क्योंकि वह जानता है कि दूसरा कोई नहीं है। इसलिए श्रीकृष्ण कहते हैं कि ज्ञानी भक्त को भी मैं अत्यंत प्रिय हूँ। क्योंकि उसके लिए मेरे सिवाय कोई दूसरा प्रिय पात्र है ही नहीं... न धन, न वैभव, न सुख, न मित्र-बंधु, न जिज्ञासाएँ... न ही कुछ और। कबीर ने इस समझ को एक दोहे में उतारते हुए कहा है-

> लाली मेरे लाल की तित देखूं उत लाल,
> लाली देखन मैं चली मैं भी हो गई लाल।।

इसका अर्थ है मुझे हर जगह उस लाल (ईश्वर) की लाली यानी नूर ही नजर आ रहा है। जब मैं उस लाली (सत्य, नूर, परमचैतन्य) को देखने गई यानी जब उसे खोजते-खोजते उसका दीदार (आत्मसाक्षात्कार) हुआ तो मैं भी लाल (सत्य, नूर, परमचैतन्य) हो गई। अर्थात अब उसमें और मुझमें फर्क ही मिट गया... मैं वही हो गई।

ज्ञानी भक्त ही परम भक्त होता है। उसके चेहरे पर हर समय संतोष, स्वीकार का सुख और आनंद का भाव झलकता है। सुख हो या दु:ख, मान हो या अपमान, वह किसी भी बाहरी चीज़ों अथवा घटनाओं में नहीं

उलझता। न ही वह भक्ति में लाभ अथवा हानि के बारे में सोचता है। जीवन में आनेवाली हर घटना के प्रति उसके अंदर स्वीकार और समभाव रहता है।

18-19

श्लोक अनुवाद : यद्यपि– ये सभी उदार हैं, परन्तु ज्ञानी (तो साक्षात्) मेरा स्वरूप ही है– (ऐसा) मेरा मत है; क्योंकि वह मद्गत मनबुद्धिवाला (ज्ञानी भक्त) अति उत्तम गतिस्वरूप मुझमें ही अच्छी प्रकार स्थित है।।१८।।

और जो– बहुत जन्मों के अंत के जन्म में तत्व ज्ञान को प्राप्त पुरुष, सब कुछ वासुदेव ही है* इस प्रकार मुझको भजता है, वह महात्मा अत्यन्त दुर्लभ है।।१९।।

गीतार्थ : कहावत है– भागते भूत की लंगोटी भली... यानी कुछ न होने से बेहतर कुछ होना है, चाहे वह अल्प मात्रा में क्यों न हो...। यह बात भक्ति पर भी लागू होती है। भले थोड़े से ही शुरुआत हो, भले ही किसी और लाभ के लिए शुरुआत हो मगर भक्ति की एक छोटी सी लौ जलना भी एक बड़ी बात है क्योंकि यह लौ आगे बढ़कर बड़े प्रकाश स्त्रोत (सेल्फ) में परिवर्तित हो सकती है।

जैसे कोई बूढ़ा इंसान अनपढ़ और निरक्षर है। फिर एक दिन वह छोटे–छोटे ऐल्फाबेट को समझने और लिखने की शुरुआत करता है। तो यह भी उसके लिए बहुत बड़ा और सराहनीय कदम है। माना एक बहुत जानकारी रखनेवाले पढ़े–लिखे इंसान से उसकी कोई तुलना नहीं की जा सकती मगर उसके स्वयं के विकास में साक्षर बनने की छोटी सी शुरुआत भी मील का पत्थर है।

इसी भावना से श्रीकृष्ण कहते हैं कि ज्ञानी भक्त सर्वोतम हैं लेकिन

**अर्थात् वासुदेव के सिवा अन्य कुछ है ही नहीं।*

बाकी तरह के भक्त भी उदार हैं। क्योंकि किसी भी लालच या कारण से सही, किसी भी तरीके से सही मगर वे मेरी भक्ति की राह पर तो आए हैं। उनकी सत्य की यात्रा शुरू तो हुई है। वरना लोग अपने काम पूरे करने या दुःख दूर करने के लिए गलत मार्ग का भी सहारा ले सकते हैं। वे कम से कम ईश्वर की शरण में तो आए हैं।

इसके बाद श्रीकृष्ण कहते हैं- ज्ञानी भक्त मुझे सबसे ज्यादा प्रिय है क्योंकि वह साक्षात् मेरा ही स्वरूप है। वह मुझसे भिन्न नहीं। आइए, इस बात को एक उदाहरण से समझते हैं। मान लीजिए, दो पंखे हैं। वे दोनों एक दूसरे के सामने रखे हुए हैं। अब बताइए, कौन किसको हवा दे रहा है। कौन किसका फैन है? फैन का फैन कौन है? श्रीकृष्ण कह रहे हैं- जो ज्ञानी भक्त है, वह मेरा डुप्लिकेट है। वह मुझे प्रिय है यानी श्रीकृष्ण फैन हैं उसके और वह भक्त श्रीकृष्ण का फैन है। तो कौन किसका फैन हुआ? भक्त भगवान का है और भगवान भक्त का है। ज्ञानी भक्त और भगवान का कुछ ऐसा रिश्ता होता है, जिसे शब्दों की सीमा में बाँधा नहीं जा सकता।

जो इंसान सुदामा और श्रीकृष्ण को नहीं जानता, अगर वह यह दृश्य देखे जिसमें श्रीकृष्ण अपने आँसुओं से सुदामा के पैर धो रहे हैं और यदि उससे पूछा जाए कि बताओ इनमें कौन भक्त है और कौन भगवान है तो वह क्या कहेगा...। वह सोचेगा जो पैर धो रहा है, रो रहा है, वह भक्त है और दूसरा भगवान। जहाँ भक्त और भगवान का भेद ही मिट जाए, वह ज्ञान (अनन्य, सर्वोच्च) भक्ति होती है।

आगे श्रीकृष्ण कहते हैं कि बहुत जन्मों के अंत के जन्म में तत्वज्ञान को प्राप्त पुरुष, सब कुछ वासुदेव (सेल्फ) ही हैं- इस प्रकार मुझको भजता है, वह महात्मा अत्यन्त दुर्लभ है।

लोग जब इस श्लोक का अनुवाद पढ़ेंगे तो अनुमान लगा लेंगे कि यहाँ शरीर के जन्म की बात हो रही है। यानी तत्वज्ञान पाना इतना कठिन और दुर्लभ है कि यह एक या पाँच-छः जन्मों में होनेवाली चीज नहीं...

अध्याय ७ : १८-१९

इसके लिए तो अनेकानेक जन्म लेने पड़ेंगे तब कहीं जाकर हमें तत्वज्ञान मिलेगा। ऐसा सोचकर वे पहले से ही हिम्मत और आशा हार जाते हैं। ऐसी सोच इस श्लोक का अर्थ नहीं, अनर्थ है।

वास्तव में यहाँ शरीर की नहीं बल्कि इंसान के अंदर बैठे अहंकार (मैं) के जन्म और मरण की बात हो रही है। जब तक अहंकार जिंदा है, तत्वज्ञान को बुद्धि से तो समझा जा सकता है मगर अनुभव में नहीं उतारा जा सकता। जब एक भक्त ज्ञान और भक्ति की राह पर चलना शुरू करता है तो उसका अहंकार कई बार मरता है। मगर संसार में रहते हुए या अपनी वृत्तियों, विचारों के चलते उसका अहंकार बार-बार जिंदा भी हो उठता है।

अहंकार के मरने-जीने के बीच आखिरकार जब भक्त उस परम अवस्था तक पहुँचता है, जहाँ तत्वज्ञान अनुभव में उतरता है (स्वबोध, आत्मसाक्षात्कार की अवस्था) तो फिर उसका अहंकार पुनः जीवित नहीं होता। वह क्षण उसके अहंकार का अंतिम जन्म और अंतिम मरण होता है। इसी को जन्म-मरण के फेरे से मुक्ति पा जाना कहते हैं। यही असली मुक्ति है और इसका शरीर के जीने-मरने से कोई संबंध नहीं है। यह जीते जी भी पाई जा सकती है। संत कबीर, मीरा, गुरुनानक इस बात के उदाहरण हैं। बहुत कम लोग इसे प्राप्त कर पाते हैं इसलिए उन्हें दुर्लभ कहा गया है।

● मनन प्रश्न :

१. मनन करें कि आप किस कोटि के भक्त हैं?

२. आपकी भक्ति के पीछे क्या भाव छिपा है? सांसारिक सुख-सुविधा प्राप्त करना? अपने दुःखों को दूर करना? अपनी जिज्ञासाओं को शांत करना या ईश्वर से प्रेम है इसलिए भक्ति करना?

अध्याय ७

भाग ५

देवताओं का रहस्य

देवताओं का देवता कौन

|| २०-२५ ||

अध्याय ७

कामैस्तैस्तैर्हृतज्ञानाः प्रपद्यन्तेऽन्यदेवताः। तं तं नियममास्थाय प्रकृत्या नियताः स्वया ।।२०।।

यो यो यां यां तनुं भक्तः श्रद्धयार्चितुमिच्छति । तस्य तस्याचलां श्रद्धां तामेव विदधाम्यहम् ।।२१।।

स तया श्रद्धया युक्तस्तस्याराधनमीहते। लभते च ततः कामान्मयैव विहितान्हि तान् ।।२२।।

अन्तवत्तु फलं तेषां तद्भवत्यल्पमेधसाम्। देवान्देवयजो यान्ति मद्भक्ता यान्ति मामपि।।२३।।

अव्यक्तं व्यक्तिमापन्नं मन्यन्ते मामबुद्धयः। परं भावमजानन्तो ममाव्ययमनुत्तमम् ।।२४।।

नाहं प्रकाशः सर्वस्य योगमायासमावृतः। मूढोऽयं नाभिजानाति लोको मामजमव्ययम् ।।२५।।

|| अध्याय ७, श्लोक अनुवाद और गीतार्थ ||

20

श्लोक अनुवाद : और है अर्जुन! उन-उन भोगों की कामना द्वारा जिनका ज्ञान हरा जा चुका है, (वे लोग) अपने स्वभाव से प्रेरित होकर उस-उस नियम को धारण करके* अन्य देवताओं को भजते हैं अर्थात् पूजते हैं।।२०।।

गीतार्थ : जैसे कि आपने पहले भी पढ़ा, अर्थार्थी और आर्त भक्त किसी न किसी कामना पूर्ति हेतु ईश्वर का भजन करते हैं। वे अपनी कामनाओं या दुःखों में ही इतने डूबे रहते हैं कि असली ज्ञान की तरफ उनका ध्यान ही नहीं जाता। उदाहरण के लिए यदि वे गीता भी पढ़ेंगे तो इसलिए कि भगवान उनके गीता-पाठ से प्रसन्न होकर उनके बिगड़े काम बना दे, उनकी इच्छा पूरी कर दे...।

इंसान ने 'ईश्वर' की अनेक कल्पनाएँ बना ली हैं और उन कल्पनाओं को एक रूप भी दे दिया गया है। साथ ही यह भी जोड़ दिया गया है कि प्रसन्न होने पर कौन सा रूप कौन सा फल देता है। जैसे अगर पैसा चाहिए तो लक्ष्मी की पूजा करो। विद्या या संगीत में सफलता चाहिए तो सरस्वती देवी को मनाओ। कोई नया काम शुरू करना है तो गणेशजी का ध्यान रखते हैं। कोई माँग झट से पूरी करने के लिए भोलेनाथ हैं। भूत-प्रेत बाधाएँ दूर करने के लिए हनुमानजी हैं। शादी नहीं हो रही तो माँ गौरी की शरण में जाओ। हर तरफ से परेशान हैं तो ज़रूर शनिदेव का प्रकोप है, उन्हें प्रसन्न करो...।

जैसे अलग-अलग विभाग के अलग-अलग मंत्री होते हैं, वैसे ही अलग-अलग कामना पूर्ति के लिए अलग देवी-देवता गढ़ लिए गए हैं। उन सभी की अलग-अलग पूजा पद्धतियाँ और नियम भी बना दिए गए हैं। जिसका जैसा स्वभाव, जिसकी जैसी ज़रूरत, वह उस विभाग के देवता की शरण में चला जाता है।

अर्थात् जिस देवता की पूजा के लिए जो-जो नियम लोक में प्रसिद्ध हैं, उस-उस नियम को धारण करके।

अध्याय ७ : २१-२२

21-22

श्लोक अनुवाद : जो-जो सकाम भक्त जिस-जिस देवता के स्वरूप को श्रद्धा से पूजना चाहता है; उस-उस भक्त की श्रद्धा को मैं उसी देवता के प्रति स्थिर करता हूँ।।२१।।

तथा- वह पुरुष उस श्रद्धा से युक्त होकर उस देवता का पूजन करता है और उस देवता से मेरे द्वारा ही विधान किए हुए उन इच्छित भोगों को निःसंदेह प्राप्त करता है।।२२।।

गीतार्थ : श्रीकृष्ण कहते हैं- जो इंसान जिस देवता को ईश्वर स्वरूप मानकर भजता है, मैं उसके अंदर उसी देव के लिए श्रद्धा स्थापित करता हूँ ताकि वह और अधिक भ्रमित न हो। और फिर उन देवताओं के द्वारा, मैं उनकी वांछित कामनाएँ पूरी करता हूँ। भक्त को फल मैं (सेल्फ, स्रोत) ही देता हूँ मगर वह मुझे नहीं जानता इसलिए उसे लगता है कि फलाँ देवता ने दिया इसलिए वह श्रद्धा से उनका पूजन करता है।

जैसे एक घर के पानी का सोर्स छत पर लगा वाटर टैंक है। घर के दो सदस्य अलग-अलग बाथरूम में नहा रहे हैं। नहाते हुए एक के नल से पानी आना बंद हो जाता है। वह चिल्लाता है- 'मेरे नल का पानी बंद हो गया।' दूसरा चिल्लाता है- 'मेरे नल में से तो आ रहा है।' अब जिसके नल से पानी नहीं आ रहा था उसने नल को कोसना शुरू कर दिया... सोचने लगा कि 'इस नल में ही कोई खराबी है। कल से दूसरे बाथरूम में नहाऊँगा, उसका नल बढ़िया है।' जबकि रुकावट ऊपर वॉटर टैंक के पाइप में ही थी। लोगों को फल मिलते हैं तो उन्हें लगता है, देवता ने दिया, जबकि फल ईश्वर से वाया (via) देवता आता है।

जब इंसान के हृदय से किसी चीज़ के लिए प्रार्थना उठती है तो वह प्रार्थना ईश्वर तक पहुँचती है और पूर्ण भी होती है। ईश्वर यही चाहता है

कि कम से कम इन देवताओं की मूर्तियों के माध्यम से तो इंसान के अंदर श्रद्धा, प्रेम, भक्ति, विश्वास जगे और वह समर्पित हो। परंतु इंसान अज्ञान में यह मान लेता है कि वह जिस ईश्वर की मूर्ति को पूज रहा है, उसी ईश्वर ने ही उसकी प्रार्थना सुन ली। वह इस बात से अंजान होता है कि ईश्वर या परमात्मा एक ही है। मूर्तियाँ तो इशारा हैं, उस सत्य की ओर।

जब इंसान किसी देवता से कुछ माँगता है और यदि उसका काम नहीं बनता तब वह दूसरे देवता की शरण में जाने को तत्पर हो जाता है। कुछ ऐसे लोग भी मिलेंगे, जो आपको हमेशा सलाह देते रहते हैं कि 'अरे! क्या तुम्हारा फलाँ काम नहीं हुआ? फलाँ मंदिर ट्राय करो... फलाँ देवी के दरबार से होकर आओ।' लोगों के पास देवी-देवताओं की इतनी बड़ी सूची है कि हर दिन एक अलग देवता को पूजा जा सकता है। क्योंकि वे देवताओं को ही ईश्वर मान लेते हैं– जितने देवता उतने ईश्वर, इसे ही अज्ञान कहते हैं।

देखा जाए तो हर जगह सेल्फ ही काम कर रहा है, भक्त में वही सेल्फ प्रार्थनाएँ पैदा करता है, उसकी श्रद्धा स्थापित करनेवाला भी वही है। प्रार्थनाएँ पूरी करने या न करनेवाला भी वही है।

23

श्लोक अनुवाद : परन्तु उन अल्प बुद्धिवालों का वह फल नाशवान है (तथा वे) देवताओं को पूजनेवाले देवताओं को प्राप्त होते हैं (और) मेरे भक्त (चाहे जैसे ही भजें, अन्त में वे) मुझको ही प्राप्त होते हैं।।२३।।

गीतार्थ : हाँ श्रीकृष्ण सकाम भक्तों को अल्पबुद्धि यानी कम अक्लवाले बता रहे हैं। वो इसलिए कि उसके पास पाने के लिए पूरा सागर (तत्व ज्ञान, सेल्फ) है मगर वे छोटी-छोटी सांसारिक चीजें माँगकर ही खुश हो रहे हैं। यह ऐसा ही है जैसे एक दिन राजा ने खुश होकर अपने एक सेवक से कहा कि मैं तुम्हारी सेवा से बहुत प्रसन्न हूँ। तुम मेरे खजाने से

अध्याय ७ : २३

जितना चाहे, धन ले सकते हो। उस सेवक के लिए १०० मुद्राएँ ही सबसे बड़ी संपत्ति थी, जिसकी वह कल्पना कर सकता था। अतः उसने उतना ही माँगा। राजा यह सोचकर मन ही मन हँस पड़ा कि मैंने इसके लिए पूरा खजाना खोल दिया था और ये मात्र सौ मुद्राओं में ही खुश हो गया।

जरा सोचिए, ऐसी ही हँसी ईश्वर को भी आती होगी, जब वह आपको खुद को सौंपने को तैयार बैठा हो मगर आप उससे कहते हैं, 'मेरे अच्छे नम्बर आ जाएँ, मेरी बेटी की शादी हो जाए, मुझे अच्छी मेड मिल जाए, आज मेरा बॉस मेरी छुट्टियाँ अप्रूव कर दे...' आदि।

ईश्वर आपकी प्रार्थना के बदले आपकी इच्छाएँ पूरी करता है मगर ये फल नाशवान होते हैं। यानी इनकी एक ऐक्सपायरी डेट होती है। कुछ समय बाद उन फलों का कोई मूल्य नहीं रहता।

जैसे एक किसान था हरिया। बहुत पूजा-पाठी था। गाँव में सब लोग उसे बड़ा भक्त समझते थे। परंतु उसे एक दुःख था कि उसकी संतान नहीं है। उसकी भक्ति से प्रसन्न होकर ईश्वर ने उसे संतान के रूप में एक बेटी दे दी। उसका यह दुःख दूर हो गया मगर एक नया शुरू हो गया कि उसके पुत्री तो है मगर पुत्र नहीं...। वह ईश्वर से पुत्र माँगने लगा। ईश्वर ने वह भी दे दिया...। उसका पुत्र पढ़ाई में कमजोर था तो इस बात को लेकर वह इंसान पुनः दुःखी रहने लगा। अपना दुःख लेकर वह दोबारा ईश्वर की शरण में गया। उसका यह दुःख भी दूर हो गया। मगर वह रुका नहीं... कभी उनकी नौकरी, कभी शादी, कभी बहू, कभी उसके बच्चे... न जाने कौन-कौन से दुःख लेकर वह ईश्वर से माँगता ही रहा... और एक दिन किसी ऐसी ही अधूरी इच्छा के साथ मर गया।

तो देखा आपने, हरिया पूरे जीवन ईश्वर की भक्ति करता रहा, फिर भी वह अंत तक दुःखी ही रहा... भक्ति के फलस्वरूप उसकी इच्छाएँ पूरी होकर मिटती रहीं (इसे ही कहा गया है-नाशवान फल) मगर ज्ञान के अभाव में नई इच्छाएँ पैदा होती रहीं...। जब वह मरा तो अपूर्णता,

अध्याय ७ : २३

दुःख, अतृप्त इच्छाओं के साथ मरा। एक अज्ञानी सकाम भक्त का यही जीवन होता है। वह ईश्वर की कृपा छलनी में ग्रहण करता है। कृपा आई भी और चली भी गई। वह उसका लाभ नहीं ले पाता। देखनेवालों को लगेगा वह कितना पूजा-पाठी है, उसके तो कितने पुण्य कर्म जुड़े होंगे... उसे तो अवश्य ही मुक्ति मिल जाएगी... मगर वास्तव में वह भीतर से एक भिखारी के समान खोखला ही रह गया। उसकी सभी पूरी इच्छाएँ जैसे पुत्र, संपत्ति, पौत्र आदि इसी संसार में रह गईं... वे अब उसके किसी काम नहीं आनेवालीं... और जो आ सकती थीं (निष्काम भक्ति, ज्ञान) वह उसने माँगी नहीं।

सोचिए, यदि हरिया ईश्वर से सच्ची भक्ति और ज्ञान माँगता... वह ईश्वर से कहता कि 'भगवान मुझे संसार में कुछ मिले या न मिले, फर्क नहीं पड़ता, अगर तू मेरे साथ है, मैं तुझसे तुझको ही माँगता हूँ...' तो उसका जीवन कैसा होता... वह जीवनभर सुख, शांति, आनंद में रहता। उसके पुत्र हों या न हों... उसे कुछ मिले या न मिले... वह हर हाल में आनंदित और मस्त रहता। जब वह मरता तो पूर्णता के भाव और आनंद के साथ, ईश्वर का ही ध्यान करते हुए मरता। इस तरह वह जीते जी भी मुक्त रहता और मरकर भी।

श्रीकृष्ण कहते हैं- देवताओं को पूजनेवाले देवताओं को प्राप्त होते हैं और मेरे भक्त मुझे चाहे जैसे भी भजें, अन्त में वे मुझको ही प्राप्त होते हैं। आइए, इस पंक्ति का अर्थ विस्तार से समझते हैं।

यह कुदरत का नियम है कि 'जिस पर आप फोकस करोगे, वैसे बन जाओगे।' यदि किसी देवता को पूज रहे हो मगर फोकस इच्छापूर्ति पर है तो वही होगा जो हरिया के साथ हुआ। उस देवता में आपको ईश्वर नहीं दिखेगा, एक इच्छापूर्ति का साधन दिखेगा। आपकी डीलिंग ईश्वर के साथ नहीं बल्कि उस साधन या निमित्त के साथ होगी। निमित्त के पास जाओगे तो आपको ईश्वर नहीं मिलेंगे।

आपने महान भक्त संत तुकाराम और संत मीराबाई के बारे में सुना है। संत तुकाराम महाराज ने विठ्ठल की मूर्ति को पूजा। संत मीराबाई ने श्रीकृष्ण की मूर्ति को पूजा। मगर वे उन्हें इच्छापूर्ति का साधन नहीं बल्कि ईश्वर मानकर पूजते थे।

वे साधन के नहीं बल्कि ईश्वर के परम भक्त थे, जिसकी वजह से उन्हें ईश्वर प्राप्ति हुई। मूर्तिपूजा का असली उद्देश्य वहाँ पूर्ण हुआ। उनका जीवन ही बताता है कि भक्ति कैसे करनी है और उसे जीवन में कैसे ढालना है। परम भक्त के लिए एक ही ईश्वर है, चाहे वह किसी भी रूप में हो।

श्रीकृष्ण कहते हैं, 'मेरे भक्त चाहे जैसे भी भजें, जो भी रूप या मूर्ति मानकर भजें, अगर मेरे लिए भक्ति कर रहे हैं तो वे मुझे ही प्राप्त होते हैं।' क्योंकि वहाँ अलग चीज़ों की या इच्छाओं की माँग नहीं होती, सिर्फ ईश्वर की ही माँग होती है।

24-25

श्लोक अनुवाद : ऐसा होने पर भी सब मनुष्य मेरा भजन नहीं करते, इसका कारण यह है कि– बुद्धिहीन पुरुष मेरे अनुत्तम अविनाशी परम भाव को न जानते हुए मन–इन्द्रियों से परे मुझ सच्चिदानन्दघन परमात्मा को (मनुष्य की भाँति जन्मकर) व्यक्ति–भाव को प्राप्त हुआ मानते हैं।।२४।।

तथा– अपनी योगमाया से छिपा हुआ मैं सबके प्रत्यक्ष नहीं होता, (इसलिए) यह अज्ञानी जनसमुदाय मुझ जन्मरहित अविनाशी परमेश्वर को नहीं जानता अर्थात मुझको जन्मने–मरनेवाला समझता है।।२५।।

गीतार्थ : गीता में श्रीकृष्ण बारम्बार सेल्फ या ईश्वर के मूल स्वरूप को

अध्याय ७ : २४-२५

बयान कर रहे हैं कि मैं (सेल्फ) शरीर या किसी भी चीज से बंधा हुआ नहीं हूँ। मैं अविनाशी (जिसका नाश न हो सके) अजन्मा (जिसका जन्म न हुआ हो) इंद्रियों से परे हूँ। (इंद्रियों द्वारा न पकड़े जानेवाला, चेतना को आप अपनी इंद्रियों का प्रयोग कर बाकी चीजों की तरह सुन, देख, छू या सूंघ नहीं सकते...)

आगे श्रीकृष्ण कहते हैं- मैं अपनी योगमाया से छिपा हूँ और प्रत्यक्ष नहीं हूँ। यानी ईश्वर है मगर वह माया के आवरण के पीछे छिपा है। इसलिए प्रत्यक्ष (सामने) नहीं होता। इंसान ईश्वर को तभी अनुभव कर सकता है, जब वह ज्ञान और भक्ति द्वारा इस माया को भेद दे, उसके पार चला जाए। जब अहंकार (मैं) समाप्त होता है, मन समर्पित होता है तो माया का आवरण हटता है और ईश्वर अनुभव में प्रकट होता है।

संसार में प्रचलित कथा-कहानियाँ पढ़कर लोग ईश्वर को मनुष्य जैसा ही समझते हैं, बस वे उसे बाकी मनुष्यों से श्रेष्ठ, चमत्कारी और शक्तिवान समझते हैं। जैसे श्रीराम और श्रीकृष्ण। वे उनके भीतर की चेतना को अविनाशी ईश्वर न मानकर उनके शरीर को ही ईश्वर का अवतार कहते हैं। इस समझ से वे एक विशेष तिथि को उनका जन्मदिन या पुण्यतिथि भी मनाते हैं। ऐसे लोग यदि ईश्वर के दर्शन की अभिलाषा से भक्ति करते हैं तो इसी कल्पना के साथ कि एक दिन ईश्वर उनके द्वारा रचित काल्पनिक रूप (जैसे श्रीराम, श्रीकृष्ण, महादेव... आदि) में आकर, वैसी ही वेशभूषा और आभूषण पहनकर उनके सम्मुख उपस्थित होगा और कहेगा- 'वत्स! मैं तुमसे प्रसन्न हुआ, बोलो क्या वर चाहिए।' जबकि वास्तव में ऐसा नहीं है। ईश्वर दर्शन अनुभव के स्तर पर होता है, इंद्रियों के स्तर पर नहीं। जिन्हें हुआ है वे इस सत्य से परिचित हैं।

अध्याय ७ : २४-२५

● मनन प्रश्न :

१. क्या आपका ईश्वर भी किसी रूप, गुण या शक्ति की सीमा में बंधा है?

२. मनन करें कि देवता और ईश्वर में क्या फर्क है?

३. इस भाग को पढ़कर 'नाशवान फल' के बारे में आपको कितनी स्पष्टता मिली है?

अध्याय ७

भाग ६
मूढ़ (मोहित) और ज्ञानी (मुक्त) में फर्क
|| २६-३० ||

अध्याय ७

वेदाहं समतीतानि वर्तमानानि चार्जुन । भविष्याणि च भूतानि मां तु वेद न कश्चन ॥२६॥

इच्छाद्वेषसमुत्थेन द्वन्द्वमोहेन भारत। सर्वभूतानि सम्मोहं सर्गे यान्ति परन्तप ॥२७॥

येषां त्वन्तगतं पापं जनानां पुण्यकर्मणाम् । ते द्वन्द्वमोहनिर्मुक्ता भजन्ते मां दृढव्रता: ॥२८॥

जरामरणमोक्षाय मामाश्रित्य यतन्ति ये । ते ब्रह्म तद्विदु: कृत्स्नमध्यात्मं कर्म चाखिलम् ॥२९॥

साधिभूताधिदैवं मां साधियज्ञं च ये विदु:। प्रयाणकालेऽपि च मां ते विदुर्युक्तचेतस: ॥३०॥

|| अध्याय ७, श्लोक अनुवाद और गीतार्थ ||

26

श्लोक अनुवाद : और- हे अर्जुन! पूर्व में व्यतीत हुए और वर्तमान में स्थित तथा आगे होनेवाले सब भूतों को मैं जानता हूँ, परन्तु मुझको कोई भी (श्रद्धा-भक्तिरहित पुरुष) नहीं जानता ।।२६।।

गीतार्थ : प्रस्तुत श्लोक को समझने से पहले यह जानना आवश्यक है कि श्लोक में श्रीकृष्ण भूत किसे कह रहे हैं। वे 'भूत' शब्द जीवित शरीरों (लिविंग्स बिंग्स) के लिए प्रयोग कर रहे हैं। इन शरीरों में दोनों तरह के शरीर आते हैं। स्थूल शरीर भी, जो पृथ्वी पर जीवित हैं और सूक्ष्म शरीर भी जो सूक्ष्म जगत (पार्ट-टू) में रहते हैं। शरीर पृथ्वी पर आते-जाते रहते हैं। जो स्थूल शरीर धारण कर संसार में अपनी अभिव्यक्ति कर रहे हैं, उन्हें श्रीकृष्ण 'वर्तमान के भूत' कह रहे हैं। जो पृथ्वी से स्थूल शरीर छोड़कर सूक्ष्म जगत जा चुके हैं, उन्हें 'भूतकाल के भूत' कह रहे हैं और जो पृथ्वी पर आनेवाले हैं, उन्हें 'भविष्यकाल के भूत' कह रहे हैं।

हमारी आँखों में मरे हुए, जिंदा और आगे पैदा होनेवाले लोगों में भेददृष्टि होती है लेकिन आत्मज्ञानी की दृष्टि में भूतों में अंतर नहीं है क्योंकि वे स्थूल जगत के पार की दृष्टि रखते हैं। जैसे रेलवे स्टेशन पर कुछ यात्री आए, कुछ गए और कुछ का सफर चल रहा है... मगर कहलाएँगे सभी यात्री ही।

इसलिए श्रीकृष्ण अर्जुन से कह रहे हैं कि 'मैं भूतकाल के भूतों को जानता हूँ। वर्तमान के भूतों को जानता हूँ, भविष्य के भूतों को जानता हूँ मगर वे मुझे नहीं जानते।' कृष्ण (सेल्फ) को वही भूत (इंसान) जान सकता है, जिसमें सच्ची श्रद्धा हो, निःस्वार्थ भक्ति हो, सत्य का ज्ञान हो... इसके बिना उस सेल्फ को नहीं जाना जा सकता। संत कबीर, मीरा, संत तुकाराम, संत ज्ञानेश्वर... आदि ने अपनी श्रद्धा, भक्ति और ज्ञान के बल पर उस सेल्फ को अनुभव से जाना था।

अध्याय ७ : २७-२८

27-28

श्लोक अनुवाद : क्योंकि- हे भरतवंशी अर्जुन! संसार में इच्छा और द्वेष से उत्पन्न सुख-दु:खादि द्वंद्वरूप मोह से सम्पूर्ण प्राणी अत्यन्त अज्ञता को प्राप्त हो रहे हैं।।२७।।

परन्तु (निष्काम भाव से) श्रेष्ठ कर्मों का आचरण करनेवाले जिन पुरुषों का पाप नष्ट हो गया है, वे राग-द्वेषजनित द्वन्द्व रूप मोह से मुक्त दृढ़निश्चयी भक्त मुझको सब प्रकार से भजते हैं।।२८।।

गीतार्थ : जब तक इंसान श्रवण, सेवा, भक्ति के त्रिकोण में रहता है तब तक कामनाएँ, वासनाएँ उस पर हावी नहीं हो पातीं। वह अपनी इंद्रियों का मालिक होता है, गुलाम नहीं। मगर इस त्रिकोण से बाहर निकलते ही इंद्रियाँ, मायावी आकर्षण और कामनाएँ उसे अपने जाल में फँसा लेती हैं।

फिर इंसान के अंदर कभी द्वेष के तो कभी बदला लेने के विचार आते हैं। इसमें उसका कीमती समय नष्ट होता है। इंसान की इच्छाओं का तो अंत ही नहीं होता, फिर कैसे ईश्वर की प्राप्ति होगी?

इसके विपरीत भक्त सुख-दु:ख, मान-अपमान, राग-द्वेष से मुक्त होकर हमेशा ईश्वर की भक्ति में लीन रहता है। बाहर चाहे जो भी परिस्थिति हो, लालच, कामनाएँ हों मगर जो ईश्वर का सच्चा भक्त, परम भक्त होता है, उसका ध्यान सदैव तेजस्थान (हृदय स्थान) पर ही रहता है। उसके तेजस्थान पर सदैव अनुभव (सत्य, सेल्फ) जागृत रहता है। यही भक्त की उच्चतम अवस्था है। आंतरिक युद्ध में यदि आप अपना ध्यान तेजस्थान पर रख पाते हैं तो ही विकार, वृत्तियाँ और गलत संस्कारों से मुक्ति पाते हैं।

अध्याय ७ : २९-३०

श्रीकृष्ण कहते हैं कि 'जो निष्काम भाव से श्रेष्ठ कर्मों का आचरण करता है, उसके पाप नष्ट होते हैं। वह राग-द्वेष, मान-अपमान, सुख-दुःख रूपी द्वंद्व से मुक्त होकर मेरी भक्ति में लीन रहता है।' जिस इंसान के द्वारा अहं भाव रहित कर्म होते हैं वह अपने जीवनयापन के लिए जो भी करता है, वह मात्र अपने शरीर को ज़िंदा रखने के लिए होता है। अर्थात जिसमें कर्ता भाव नहीं होता उसके कर्म, पाप-मुक्त होते हैं। वह संसार में रहते हुए भी किसी कर्म बंधन में नहीं बँधता। उसके द्वारा किए गए कर्म विकाररहित होते हैं। जैसे घृणा, नफरत, क्रोध, लोभ-लालच, ईर्ष्या, द्वेष इत्यादि। उसके द्वारा जो भी कर्म होते हैं वे ईश्वर को समर्पित होते हैं, वे कर्म ईश्वर की भक्ति और प्रेम में लीन होकर किए जाते हैं। कर्म करने के पीछे जो भाव और उद्देश्य है, इस पर निश्चित किया जा सकता है कि कर्म, बंधन बना रहा है या बंधनों से मुक्त कर रहा है।

29-30

श्लोक अनुवाद : और- जो मेरे शरण होकर जरा और मरण से छूटने के लिए यत्न करते हैं, वे (पुरुष) उस ब्रह्म को, सम्पूर्ण अध्यात्म को तथा सम्पूर्ण कर्म को जानते हैं।।२९।।

और- जो पुरुष अधिभूत और अधिदैव के सहित तथा अधियज्ञ के सहित (सबका आत्मरूप) मुझे अन्तकाल में भी जानते हैं* वे युक्तचित्तवाले पुरुष मुझे ही जानते हैं अर्थात प्राप्त हो जाते हैं।।३०।।

गीतार्थ : इन दो श्लोकों में श्रीकृष्ण ने बड़ी चतुराई से ऐसे शब्दों का उपयोग किया है, जिनके बारे में अर्जुन को पूर्ण ज्ञान नहीं है। जैसे ब्रह्म, अध्यात्म, अधिभूत, अधिदैव और अधियज्ञ...। इसके पीछे उनका

---

*अर्थात् जैसे भाप, बादल, धूप पानी और बर्फ ये सभी जलस्वरूप हैं, वैसे ही अधिभूत, अधिदैव और अधियज्ञ आदि सब कुछ वासुदेवस्वरूप हैं, ऐसे जो जानते हैं।

अध्याय ७ : २९-३०

उद्देश्य अर्जुन में नई जिज्ञासाएँ पैदा करना है और ऐसा होता भी है। इन जटिल शब्दों को सुनकर अर्जुन सोच में पड़ जाता है और श्रीकृष्ण से इनका अर्थ पूछता है। इनके अर्थों को और उनसे जुड़ी समझ को वे अगले अध्याय अक्षरब्रह्मयोग में दे रहे हैं। तो आप भी इन्हें अगले अध्याय में ही जानेंगे।

● मनन प्रश्न :

१. आपका श्रवण, सेवा और भक्ति का त्रिकोण कितना मजबूत हुआ है? मनन करें कि माया का आकर्षण और कामनाओं के जाल में फँसकर सत्य का त्रिकोण कमज़ोर तो नहीं हो जाता?

२. मनन करें कि अपना ध्यान सदैव तेजस्थान पर रखने के लिए आप मन को क्या समझ देकर चुप करते हैं?

अध्याय ८
अक्षरब्रह्मयोग

॥ अध्याय ८ सूची ॥

श्लोक	विषय	पृष्ठ
1-4	अर्जुन के 7 सवालों के जवाब................	55
5-10	देहांत वेला - अमृतवेला बने..................	63
11-16	सद्गति युक्ति.......................................	77
17-19	ब्रह्मा का काल रहस्य..........................	93
20-22	परमगति-परम धाम-परम भक्ति............	101
23-26	दो मार्गों का ज्ञान- देवयान-पितृयान.......	109
27-28	योगी पुरुष का मार्ग...........................	119

अध्याय ८

भाग १

अर्जुन के 7 सवालों के जवाब

॥ १-४ ॥

अध्याय ८

किं तद्ब्रह्म किमध्यात्मं किं पुरुषोत्तम । अधिभूतं च किं प्रोक्तमधिदैवं किमुच्यते ।।१ ।।

अधियज्ञः कथं कोऽत्र देहेऽस्मिन्मधुसूदन। प्रयाणकाले च कथं ज्ञेयोऽसि नियतात्मभिः।।२।।

अक्षरं ब्रह्म परमं स्वभावोऽध्यात्ममुच्यते । भूतभावोद्भवकरो विसर्गः कर्मसंज्ञितः ।।३।।

अधिभूतं क्षरो भावः पुरुषश्चाधिदैवतम् । अधियज्ञोऽहमेवात्र देहे देहभृतां वर ।।४।।

|| अध्याय ८, श्लोक अनुवाद और गीतार्थ ||

1-2

श्लोक अनुवाद : इस प्रकार भगवान् के वचनों को न समझकर अर्जुन ने बोले– हे पुरुषोत्तम! वह ब्रह्म क्या है? अध्यात्म क्या है? कर्म क्या है? अधिभूत (नाम से) क्या कहा गया है और अधिदैव किसको कहते हैं।।१।।

और– हे मधुसूदन! यहाँ अधियज्ञ कौन है? (और वह) इस शरीर में कैसे है? तथा युक्त चित्तवाले पुरुषों द्वारा अंत समय में (आप) किस प्रकार जानने में आते हैं।।२।।

गीतार्थ : इस अध्याय में श्रीकृष्ण ने अर्जुन को भगवत्प्राप्ति का संदेश दिया है। इसे अक्षरब्रह्मयोग नाम भी दिया गया है। अर्जुन इस योग का अनुभव कर सके, गीता के श्लोकों को पी सके, उन्हें जी सके इसके लिए श्रीकृष्ण ने अर्जुन की सभी शंकाओं का निरसन किया। संपूर्ण समझ और शंकारहित मन का मालिक ही भगवत्प्राप्ति के लिए सुपात्र हो सकता है। अतः श्रीकृष्ण ने अर्जुन के सभी प्रश्नों के उचित उत्तर दिए। ये प्रश्न थे–

१. ब्रह्म क्या है?

२. अध्यात्म का मतलब क्या है?

३. कर्म किसे कहते हैं?

४. अधिभूत क्या है?

५. अधिदैव किसे कहते हैं?

६. अधियज्ञ कौन है?

७. मृत्यु के समय भक्ति में लीन रहनेवाले किस तरह कृष्ण को जान पाते हैं।

3

श्लोक अनुवाद : इस प्रकार अर्जुन के प्रश्न करने पर श्री भगवान बोले,

अध्याय ८ : ३

अर्जुन!- परम अक्षर 'ब्रह्म' है, अपना स्वरूप अर्थात जीवात्मा 'अध्यात्म' (नाम से) कहा जाता है (तथा) भूतों के भाव को उत्पन्न करनेवाला (जो) त्याग है, (वह) 'कर्म' नाम से कहा गया है।।३।।

गीतार्थ : श्रीकृष्ण एक-एक करके अर्जुन के प्रश्नों के उत्तर देते हैं- ब्रह्म, परम अक्षर है। यहाँ अक्षर का अर्थ हिंदी वर्णमाला के अक्षर से नहीं बल्कि अ क्षर अर्थात जिसका कभी क्षर (नाश) नहीं होता, जो अविनाशी है, अखंड है। संपूर्ण सृष्टि का मूल बीज है ब्रह्म (परब्रम्ह) यानी सेल्फ। ब्रह्म शब्द उस अपरिवर्तनशील और अविनाशी तत्त्व का संकेत करता है, जो इस दृश्यमान जगत का आधार है। इसके भीतर ही सब कुछ समाया हुआ है। यह रंगहीन, गंधहीन, रूपहीन, स्थानहीन तत्त्व है। वास्तव में इसे तत्त्व भी नहीं कहा जा सकता क्योंकि तत्त्व इस शब्द से भी मन में किसी रूप की कल्पना उठ सकती है। ब्रह्म तो 'कुछ नहीं' है। वह 'कुछ नहीं', जिससे सब कुछ निकलता है। इस 'कुछ नहीं' से ही सारा ब्रह्माण्ड प्रकट हुआ है। इसे बीज की उपमा से समझें कि कैसे एक बीज में 'कुछ नहीं' होते हुए भी उसमें एक विस्तृत वन की संभावना छिपी हुई है। एक बीज में अदृश्य रूप में एक बड़ा जंगल समाया हुआ है। ठीक इसी तरह सारा ब्रह्माण्ड इस 'कुछ नहीं' से व्याप्त है बल्कि यूँ कहिए कि इस 'कुछ नहीं' में सारा ब्रह्माण्ड अवस्थित है। यही ब्रम्ह है।

आगे श्रीकृष्ण कहते हैं- हे अर्जुन! अब अध्यात्म का अर्थ जान। अपना स्वरुप (स्वस्वभाव), परा प्रकृति अध्यात्म है। अध्यात्म अर्थात आधी आत्म। जो यह संसार बनने से पहले ही था। अनादिकाल से चला आ रहा जीवन ही अध्यात्म है। अध्यात्म ऐसा ज्ञान है, जो जीव (मनुष्य) को उस अनादि जीवन (उसके सच्चे स्वरूप) से अवगत कराए।

अध्याय ८ : ३

अध्यात्म में जीव, जीवन, जीवात्मा ऐसे अलग-अलग शब्द पढ़ने को मिलते हैं। शब्द बनाना यानी खंडित करके समझना। कोई चीज़ पूर्ण है मगर उसे समझाने के लिए कभी-कभी उसे तोड़ना पड़ता है। जैसे मनुष्य शरीर की कार्यप्रणाली को समझने के लिए उसे अलग-अलग भागों में विभाजित किया है; श्वसन प्रणाली, पाचन प्रणाली, रक्ताभिसरण प्रणाली, तंत्रिका प्रणाली आदि। सबको अलग-अलग समझकर शरीर की संपूर्ण कार्यप्रणाली को समझा जा सकता है। ठीक इसी तरह स्वयं के सच्चे स्वरूप को समझने के लिए उसे जीव, जीवन, जीवात्मा, परमात्मा, आत्मा में खंडित किया गया है। असल में एक ही चीज़ को समझाने के लिए अलग-अलग शब्द बताए गए हैं।

इसे एक उदाहरण से समझें। वातावरण में मंद गति से हवा बह रही है। अचानक हवा में शक्ति भर गयी और वह ज़ोर से चलने लगी। कुछ ही समय में चक्री तूफान आ गया, जिसमें हवा बहुत तेज़ी से वर्तुलाकार दिशा में घूमने लगी। हवा के साथ मिट्टी, आस-पास फैला कचरा भी जमा होकर घूमने लगा। इस वजह से एक गोल आकार दिखायी देने लगा। यही है जीव। मिट्टी की वजह से जीव दृश्य में आ गया। हमें लगता है कि वह चीज़ ज़िंदा है मगर जीव ज़िंदा नहीं है। ज़िंदा चीज़ हवा है, जो तब भी चल रही थी जब तूफान नहीं था। शांत अवस्था में वह दिखायी नहीं दे रही थी मगर गोल-गोल घूमने की वजह से आकार दिखायी देने लगा। यही व्यक्ति है, यही आधि आत्म है।

मनुष्य शरीर से सहज कर्म कराने के लिए सबसे पहले भावों को उत्पन्न किया जाता है। उन भावों के अनुसार विचार आते हैं और फिर क्रिया होती है। इस पूरी प्रोसेस को जिसमें भावों को ट्रिगर किया जाता है, कर्म कहा गया है।

4

श्लोक अनुवाद : तथा- उत्पत्ति-विनाश धर्मवाले सब पदार्थ अधिभूत हैं, हिरण्यमय पुरुष* अधिदैव है और हे देहधारियों में श्रेष्ठ अर्जुन! इस शरीर में, मैं वासुदेव ही (अन्तर्यामी रूप से) अधियज्ञ हूँ।।४।।

गीतार्थ : यहाँ श्रीकृष्ण अधिभूत, अधिदैव और अधियज्ञ को इस तरह से विस्तार से समझाते हुए कहते हैं-

अधिभूत- यह सारा दृश्य जगत, सेल्फ की भौतिक अभिव्यक्ति है। इसके अंतर्गत आनेवाली सभी निर्जीव वस्तुएँ या जीवित प्राणी एक निश्चित काल में उत्पन्न होते हैं और एक दिन नष्ट हो जाते हैं। अधिभूत (नाशवान पदार्थ) का अर्थ है जो पंचमहाभूत के अधीन है। पंच महाभूत पृथ्वी, आकाश, वायु, अग्नि और जल के योग से पेड़-पौधे, पशु-पक्षी, नदी-नाले, पर्वत, झरने, चाँद-तारे व मनुष्य बने हैं। अर्थात आँखों से दिखायी देनेवाली हर चीज़ भौतिक जगत का हिस्सा है। जो इन पंचमहाभूतों के परस्पर मिश्रण से बने होते हैं और जब यह अनुपात बिगड़ जाता है तो ये लुप्त हो जाते हैं। ठीक उस तरह जैसे आसमान में बादल मँडराते हैं और कुछ समय पश्चात अदृश्य हो जाते हैं। वे दिखायी तो देते हैं लेकिन अनित्य होते हैं। यह भौतिक प्रकृति निरंतर परिवर्तनशील है। यहाँ तक कि बड़ी-बड़ी चट्टानें भी घिसती हैं, ऊँचे पर्वतों से भी मिट्टी का स्खलन (घर्षण) होता है, नदियाँ सूखती हैं, पृथ्वी के भीतर भी उथल-पुथल होती है।

सामान्यतः मनुष्य और अन्य प्राणियों को इन अवस्थाओं से गुज़रना पड़ता है- वे जन्म लेते हैं, बढ़ते हैं, कुछ समय तक रहते हैं, कुछ छोटी-छोटी चीजों की रचना करते हैं, कमज़ोर हो जाते हैं और अंत

**जिसको शास्त्रों में 'सूत्रात्मा', 'हिरण्यगर्भ', 'प्रजापति', 'ब्रह्मा' इत्यादि नामों से कहा गया है।*

अध्याय ८ : ४

में लुप्त हो जाते हैं। जो उत्पत्ति-विनाशवाली प्रकृति है, वह अधिभूत कहलाती है।

अधिदैव– इस निरंतर परिवर्तनशील प्रकृति का जो भोक्ता है, जो इस प्रकृति को जानता है, इसके सुख-दुःख, द्वन्द को जानता है, वह है चैतन्य। इस देह के अंदर विराजमान चैतन्य ही अधिदैव है। जीव (मनुष्य) ही अधिदैव है। यह जागृत चेतना शरीर और मन के द्वारा मिल रहे सुख-दुःख का अनुभव भी करता है और उसका साक्षी भी होता है।

इसे प्रसिद्ध रथ की उपमा से और अच्छे से समझते हैं। प्रत्येक मनुष्य इस भौतिक शरीर रूपी रथ पर सवार है, जिसका सारथी है–बुद्धि। लगाम है– मन तथा घोड़े हैं–इंद्रियाँ। इस प्रकार मन तथा इंद्रियों की संगति से वह सुख या दुःख का भोक्ता है। जाग्रत हो जाने पर वह इन सबका साक्षी भी है। यही अधिदैव है।

अधियज्ञ– आगे श्रीकृष्ण भगवान कहते हैं– प्रत्येक मनुष्य के हृदय में परमात्मा के रूप में मैं स्थित हूँ, मैं ही अधियज्ञ अर्थात यज्ञ का स्वामी हूँ, मैं ही अंतर्यामी रूप से यज्ञ का आधार हूँ। लेकिन मनुष्य को इसका बोध कैसे हो? यह अनुभव में कैसे आए? इसके लिए उसे करना होगा यज्ञ का अनुष्ठान। उसे यज्ञ की प्रक्रिया से गुज़रना होगा।

यज्ञ की प्रक्रिया में वेदि होती है, द्रव्य (सामग्री) होती है, अग्नि होती है, इंधन होता है, धुँआ निकलता है, मंत्र पढ़े जाते हैं। श्रीकृष्ण कहते हैं– इस पूरी प्रक्रिया से जो गुज़र जाएगा, वह अधियज्ञ को जान जाएगा।

यहाँ उस यज्ञ की बात नहीं की जा रही, जो धार्मिक पूजा विधियों में किया जाता है। यहाँ जिस यज्ञ की बात की जा रही है उसमें शरीर है वेदि अर्थात यज्ञ कुण्ड। इसमें वैराग्य का, अनासक्ति का इंधन डालना है। फिर इंद्रिय संयम की माचिस जलानी है। इंद्रियों द्वारा जो भी चीजें

अध्याय ८ : ४

(दिखावटी सत्य) दिखायी देती हैं, वह हवन में डालने की सामग्री है। वह जब जलने लगे तो हवन कुण्ड में इंद्रिय निग्रह की आहुति डालनी है। अर्थात पंचेन्द्रियों द्वारा मिले शब्द, स्पर्श, रूप, गंध, रस के अनुभवों की आहुति डालनी है। यज्ञ में सभी इंद्रियाँ अपने कोष में बैठी रहें, इधर-उधर न भटकें। जैसे एक कछुआ अपने सारे पैर भीतर सिकुड़ लेता है, उसी तरह अपनी इंद्रियों को भीतर समेटना है, उन्हें आकर्षण से बचाना है। ऐसे में जब मन अकंप, स्वस्थित हो जाए तो फिर बिना धुँए की यह ज्ञान अग्नि जल उठती है। यानी आत्मज्ञान (तेजज्ञान) जागृत हो जाता है। अंततः यह ज्ञान अग्नि भी शांत हो जाती है और पीछे बचता है– शुद्ध ब्रह्म, 'कुछ नहीं'। यही अधियज्ञ है।

सरल शब्दों में कहा जाए तो यह शरीर अधिभूत है, मन अधिदैव है और सेल्फ अधियज्ञ। शरीर जड़ है, अतः उसे साधने की ज़रूरत नहीं है, सेल्फ विद्यमान है ही सिर्फ उस पर अज्ञान के बादल छा जाने के कारण वह छिपा हुआ है। अब बचता है मन, इसे ही साधना है। इसके द्वारा ही यज्ञ का अनुष्ठान करना है, इसे ही जाग्रत करना है। यह वह साधन है, जिसके ज़रिए स्वयं के सच्चे स्वरूप को जानकर 'अपने होने के अनुभव' में रहा जा सकता है।

● मनन प्रश्न :

१. अर्जुन ने पूछे हुए सात प्रश्नों से आपने क्या समझा? संसार में जीवन जीते हुए आपके मन में कौन से प्रश्न उठते हैं?

२. मन को साधकर ही पृथ्वी जीवन रूपी यज्ञ का अनुष्ठान करना है। इसके लिए आपकी कितनी तैयारी हुई है?

अध्याय ८

भाग २

देहांत वेला-अमृतवेला बने

॥ ५-१० ॥

अध्याय ८

अंतकाले च मामेव स्मरन्मुक्त्वा कलेवरम् । यः प्रयाति स मद्भावं याति नास्त्यत्र संशयः ।।५।।

यं यं वापि स्मरन्भावं त्यजत्यन्ते कलेवरम्। तं तमेवैति कौन्तेय सदा तद्भावभावितः ।।६।।

तस्मात्सर्वेषु कालेषु मामनुस्मर युद्ध च। मय्यर्पितमनोबुद्धिर्मामेवैष्यस्यसंशयम् ।।७।।

अभ्यासयोगयुक्तेन चेतसा नान्यगामिना । परमं पुरुषं दिव्यं याति पार्थानुचिन्तयन् ।।८।।

कविं पुराणमनुशासितार–मणोरणीयांसमनुस्मरेद्यः। सर्वस्य धातारमचिन्त्यरूप–मादित्यवर्णं तमसः परस्तात् ।।९।।

प्रयाणकाले मनसाचलेन भक्त्या युक्तो योगबलेन चैव । भ्रुवोर्मध्ये प्राणमावेश्य सम्यक्–स तं परं पुरुषमुपैति दिव्यम् ।।१०।।

॥ अध्याय ८, श्लोक अनुवाद और गीतार्थ ॥

5

श्लोक अनुवाद : और जो पुरुष अंतकाल में भी मुझको ही स्मरण करता हुआ शरीर को त्यागकर जाता है, वह मेरे साक्षात् स्वरूप को प्राप्त होता है– इसमें (कुछ भी) संशय नहीं है।।५।।

गीतार्थ : यहाँ श्रीकृष्ण का अर्थ है 'अपने होने का अनुभव'। इस श्लोक में भगवान कृष्ण 'अपने होने के अनुभव' का महत्त्व बताते हुए कहते हैं– जो मनुष्य अपने होने के अनुभव में रहते हुए शरीर छोड़ता है, वह मेरे स्वरूप को प्राप्त होता है। उसकी देहांत वेला अमृतवेला बनती है।

कृष्ण चेतना अर्थात शुद्ध, बुद्ध, पवित्र चेतना। अंतिम समय में स्वानुभव में रहना उस इंसान के लिए संभव नहीं है, जिसने सारा जीवन इसका कोई अभ्यास ही न किया हो। जिसने अपने संस्कार और वृत्तियों पर काम न किया हो, जिसने मन की शुद्धता के लिए साधना न की हो, जिसने श्रवण, सेवा, भक्ति का जल न सींचा हो। अतः मनुष्य को चाहिए कि जीवन के आरंभ से ही वह तुलना-तोलना से दूर रहे, सद्विचारों का अनुसरण करे। इसके लिए 'नाम सिमरन' एक शक्तिशाली मार्ग है। आप मन में हमेशा जिस बात का सिमरन करते हैं, भीतर वे भाव प्रबल हो जाते हैं। उदाहरण के तौर पर आप यदि हमेशा अपने दुश्मन का स्मरण करते हैं तो आपके मन में क्रोध, बदला, ईर्ष्या, तुलना, अपमान आदि नकारात्मक भाव भर जाते हैं। इसके विपरीत यदि आप हमेशा अपने प्रेमी जनों का स्मरण करते हैं तो आप प्रेम, सौहार्द्र, मित्रता, सहयोग, करुणा के भाव से भर जाते हैं।

ठीक इसी तरह आप हमेशा 'कौन हूँ मैं' का सिमरन करें तो आपमें अधियज्ञ (सेल्फ) की याद बनी रह सकती है। लेकिन माया के संसार में इंद्रिय सुखों में उलझकर आप सहज ही इसे भूल सकते हैं। यह भी ध्यान रहे कि आप स्वयं को न ठगें। कैसे? इसे एक उदाहरण से समझें।

अध्याय ८ : ६

एक रईस सेठजी थे। वे दिनभर अपने कारोबार में व्यस्त रहकर कैसे अधिक से अधिक धन कमाया जाए, इसी जुगाड़ में लगे रहते थे। उनके पंडित जी ने उन्हें नाम सिमरन का महत्त्व बताया और स्वर्ग प्राप्ति के लिए नारायण का जाप करने के लिए कहा। एक दिन उनका अंत समय आया और वे नारायण... नारायण... का जाप करते रहे। लेकिन मृत्यु उपरांत वे नर्क में पहुँच गए। यमलोक में पाप-पुण्य का हिसाब-किताब रखनेवाले चित्रगुप्त से सेठजी ने पूछा, 'यह आपने कैसा अन्याय किया? मुझे नर्क में क्यों डाला? मैं अंत समय में सिर्फ नारायण का ही जाप करता रहा!' तब चित्रगुप्त ने जवाब दिया, 'नारायण से कुछ भी छिपा नहीं है, तुमने नारायण को धोखा दिया है।'

'वह कैसे?' सेठजी ने पूछा?' चित्रगुप्त ने कहा, 'अपने बेटे का नाम नारायण रखकर, उसके नाम को जपकर तुम स्वयं को ठग सकते हो, नारायण को नहीं!'

इस उदाहरण से समझें कि आप ही अपने जज हैं। ईश्वर प्राप्ति की प्यास और माया की आस दोनों नावों में पैर रखना, स्वयं से कपट करने जैसा है। इस कपट से दूर रहकर, मन को पवित्र करके नारायण का जप करेंगे तो सफल फल प्राप्त होगा।

6

श्लोक अनुवाद : कारण कि- हे कुन्तीपुत्र अर्जुन! (यह मनुष्य) अंतकाल में जिस-जिस भी भाव को स्मरण करता हुआ शरीर का त्याग करता है, उस-उसको ही प्राप्त होता है; (क्योंकि वह) सदा उसी भाव से भावित रहा है।।६।।

गीतार्थ : श्रीकृष्ण पुनः अपनी बात को और स्पष्ट करते हुए कहते हैं कि मृत्यु के समय जो मेरा चिंतन करते हुए शरीर त्यागता है, वह मेरे दिव्य

अध्याय ८ : ६

स्वभाव को प्राप्त होता है। अंतकाल में मनुष्य जिस भी भाव से भावित होता है, वह उसको ही प्राप्त होता है। चाहे वह पशुत्व का हो या देवत्व का। जैसा तुम सोचोगे, वैसा ही बनोगे।

किसी भी क्षण में मनुष्य को जो विचार आते हैं, वे उसके पूर्व संस्कारों से आते हैं। स्वाभाविक है कि जिसने जीवनभर माया के आकर्षण से स्वयं को दूर रखकर, सत्य में स्थापित होने का प्रयास किया हो, उसके आध्यात्मिक संस्कार दृढ़ होते हैं। इस सतत मनन और संस्कार के प्रभाव के कारण मरण समय में उसकी वृत्ति सहज ही अपने लक्ष्य की ओर होगी। फलतः मृत्यु उपरांत उसकी यात्रा अपने निर्धारित लक्ष्य की ओर ही आगे बढ़ेगी। अतः यह न सोचें कि 'अभी तो हम माया का लुत्फ उठा लेते हैं, अंतकाल में ईश्वर का स्मरण कर लेंगे।' अंत समय में अपनी आगे की यात्रा को निर्धारित करने का अवसर नहीं होता क्योंकि आदत के कारण उसी प्रकार की वृत्ति मन में उठती है, जैसी कि हम जीवनभर बनाते आए हैं।

क्या कोई अपने मृत्यु का साल, दिन, समय जानता है? नहीं ना! साँसें चलते-चलते कब रुक जाएँ, कोई नहीं जानता। तो फिर इंसान को कैसे पता चलेगा कि अब विचार बदलने का समय आ चुका है? जैसे स्कूल में कई बार सरप्राइज़ टेस्ट ली जाती है। जो बच्चे नियमित पढ़ाई करते हैं, वे टेस्ट में कुछ तो लिख पाते हैं। जो परीक्षा के एक दिन पहले पढ़ने के आदी होते हैं, उन्हें कुछ याद आने की संभावना ही नहीं है।

एक इंसान जीवन में हमेशा लड़ाई-झगड़ा करता रहा, फिर दुश्मनी की आग में जलता रहा, बदला लेने की सोचता रहा तो मृत्यु समय में भी उसके यही भाव रहेंगे। परिणामस्वरूप उसका अगला जीवन भी इन्हीं भावों से प्रभावित होगा। इस जीवन से ही अगला जीवन बनता है। हर दृश्य अगले दृश्य की तैयारी है। अतः हमें कितना सजग होना चाहिए!

अध्याय ८ : ७

7

श्लोक अनुवाद : इसलिए (हे अर्जुन! तू) सब समय में (निरंतर) मेरा स्मरण कर और युद्ध भी कर। (इस प्रकार) मुझमें अर्पण किए हुए मन-बुद्धि से युक्त होकर (तू) निःसंदेह मुझको ही प्राप्त होगा।।७।।

गीतार्थ : अर्जुन को दिया गया यह उपदेश उन सभी के लिए बहुत महत्वपूर्ण है, जो भौतिक जगत में विविध कार्यों में व्यस्त हैं। वस्तुतः यह उपदेश मनुष्य के भौतिक एवं आध्यात्मिक दोनों ही क्षेत्रों में समान रूप से लागू होता है। श्रीकृष्ण कहते हैं– प्रतिदिन के सभी कार्य करते समय वह चाहे ऑफिस का काम हो, गृहकार्य हो, मेहमानों का स्वागत हो, कोई महत्वपूर्ण निर्णय हो, किसी से वाद-विवाद हो, मतभेद हो या युद्ध करना पड़े, तू मेरा स्मरण कर। अपने मन और बुद्धि को मुझे समर्पित करने से तेरे सारे कार्य अकर्ता भाव से होंगे। यह अकर्ता भाव तुझे मुझसे जोड़े रखेगा।

बहुत से लोगों को लगता है कि आध्यात्मिक सीखें व्यावहारिक जीवन में उपयोगी नहीं होतीं। ये दोनों जीवन अलग-अलग हैं। ईश्वर का नाम लेते रहने से हमारे दैनिक कार्य में बाधा आ सकती है, कार्य की गुणवत्ता प्रभावित हो सकती है। अतः भगवान उपदेश देते हैं कि कार्य के प्रति पूर्ण समर्पण, एकाग्रता, निःशंक मन से फल की चिंता किए बिना कार्य करना ही मेरा नाम लेना है। बहुत कम अवसरों पर इंसान का मन उस जगह पर होता है, जहाँ वह कार्य कर रहा होता है। सामान्यतः मन का एक बड़ा हिस्सा, अनामिक भय, ईर्ष्या या फिर असफलता की काल्पनिक संभावना में भटकता रहता है। परिणामतः इंसान अपने मन की शक्ति का अपव्यय कर देता है। अपने मन की शक्ति का भौतिक और आध्यात्मिक दोनों ही क्षेत्रों में लाभ पाने के लिए साधक को अपना मन शांत, शुद्ध और सत्य में स्थिर करना चाहिए। अपने दिव्य स्वरूप का स्मरण करना चाहिए।

अध्याय ८ : ८

रंगमंच पर राजा की भूमिका करनेवाला अभिनेता यह नहीं भूलता कि घर में उसकी पत्नी और बच्चा भी है। यदि अपनी यह पहचान भूलकर रंगमंच से नीचे उतरने के बाद भी वह राजा के समान व्यवहार करे तो जल्द ही उसे पागलखाने में भरती कराने की नौबत आन पड़ेगी। परंतु वह अपनी वास्तविकता को जानता है इसलिए वह कुशल अभिनेता है। आपको भी कुशल अभिनेता बनना है। सदा अपने दिव्य स्वरूप के प्रति जागृत रहते हुए कार्य करने चाहिए। फिर वह युद्ध ही क्यों न हो। अपने दिव्य स्वरूप के प्रति जागृत रहना अर्थात ही देह चेतना से परे होना। यह अवस्था मन को कृष्ण के प्रति समर्पित कराती है।

एक सुशिक्षित इंसान को कभी भी अपनी शिक्षा का विस्मरण नहीं होता। जैसे एक डायटीशियन को संतुलित भोजन पकाने के लिए सोचना नहीं पड़ता। उसके अंदर सारी जानकारी फीड होती है। पोषण का ज्ञान उसके जीवन का अंग बन जाता है। उसके आचार-विचार, व्यवहार में वह झलकता है। उसी प्रकार ईश्वर के प्रति समर्पण को अपने जीवन का अंग बनाकर, आप हर कार्य को सहज ही अकर्ता भाव से कर सकते हैं।

8

श्लोक अनुवाद : और- हे पार्थ! (यह नियम है कि) परमेश्वर के ध्यान के अभ्यास रूप योग से युक्त दूसरी ओर न जानेवाले चित्त से निरंतर चिंतन करता हुआ (मनुष्य) परम (प्रकाश स्वरूप) दिव्य पुरुष को अर्थात परमेश्वर को (ही) प्राप्त होता है।।८।।

गीतार्थ : इस श्लोक में ईश्वर से योग की युक्ति बताते हुए श्रीकृष्ण कहते हैं कि ध्यान के अभ्यास से ईश योग संभव है। यह कुदरत का नियम है कि 'जिस चीज़ पर आप ध्यान देते हैं, वह फलती-फूलती है, बढ़ती है। इस नियम के अनुसार यदि आप अपना ध्यान ईश्वर की ओर लगाते हैं तो निःसंदेह आप उसे प्राप्त होते हैं।

अध्याय ८ : ८

अब सोचने की बारी आपकी है। आपका ध्यान कहाँ-कहाँ जाता है? यदि आपको वाकई में ईश्वर प्राप्ति की प्यास है तो आप अपने ध्यान का ध्यान रखेंगे। और यदि आप इस अभ्यास में माहिर हो रहे हैं तो अध्यान भी आपको ध्यान की याद दिलाएगा। जैसे आप ईश्वर का चिंतन करते हुए खाना बना रहे हैं और अचानक आपके पति का फोन आता है कि 'मैं चार दोस्तों को खाने पर ला रहा हूँ।' अब आपका सारा ध्यान इस बात पर चला जाता है कि 'मेरे पति तो ऐसे ही हैं, जब देखो तब दोस्तों को दावत दे देते हैं। पिसती बेचारी मैं हूँ। मेरी तो कोई चिंता ही नहीं है' आदि। मगर आप ईश चिंतन में माहिर हैं तो आप 'अतिथि देवो भव' के भाव में चले जाएँगे। 'ईश्वर आज मुझसे श्रम दान, अन्न दान कराना चाहता है' के भाव में जाएँगे। अगर सत्य प्राप्ति की आपकी गुहार सच्ची है तो आपकी सोच में यह रूपांतरण ज़रूर होगा। तब ईश्वर से युक्ति दूर न होगी।

यहाँ ईश्वर को प्राप्त होने का मतलब मृत्यु उपरांत प्राप्त होना नहीं है। यहाँ मृत्यु का अर्थ अहंकार (स्वयं का अलग अस्तित्व) के नाश से है, जिसका उपाय है ध्यान अभ्यास। अहंकार के लुप्त होने पर कोई भी साधक जीते जी मुक्त होकर स्व-स्वरूप में रहते हुए जी सकता है।

यहाँ उस ध्यान की बात नहीं की जा रही, जो एक निश्चित आसन और मुद्रा के साथ किया जाता है। परमात्मा का ध्यान तो चलते-फिरते, उठते-बैठते होना चाहिए। दिनभर के क्रियाकलापों में कितनी ही घड़ियाँ आती हैं, जहाँ मन विचलित होता है। कभी व्यापार में घाटा, नौकरी में ऊँच-नीच, स्वास्थ्य में उतार चढ़ाव, रिश्तों में तकरार आदि अनेक कारण हैं, जिनमें मन विचलित हो उठता है... स्व ध्यान से हट जाता है। जो इंसान इन सारी बाह्य परिस्थितियों से अछूता रहकर, कृष्ण स्मरण में अपना ध्यान लगा पाता है, वह परम प्रकाश अर्थात कृष्ण के स्वभाव को प्राप्त होता है।

अध्याय ८ : ९

9

श्लोक अनुवाद : इससे- जो पुरुष सर्वज्ञ, अनादि, सबके नियंता* सूक्ष्म से भी अति सूक्ष्म, सबके धारण-पोषण करनेवाले, अचिन्त्य स्वरूप सूर्य के सदृश नित्य चेतन प्रकाश रूप (और) अविद्या से अति परे, शुद्ध सच्चिदानन्दघन परमेश्वर का स्मरण करता है-।।९।।

गीतार्थ : अब तक आपने जाना कि मन को सेल्फ (आत्मा) के सिमरन में एकाग्र करने के कारण उसके आध्यात्मिक संस्कार दृढ़ हो जाते हैं। अपनी सभी गहरी मान्यताओं, धारणाओं, विकारों का समूल नाश तभी हो सकता है, जब वह अपने ऊपर लगाए गए अनेक लेबलस् से मुक्त होकर शरीर से तादात्म्य छोड़ दे। इस श्लोक में श्रीकृष्ण ने परमेश्वर के चिंतन की विधि का वर्णन किया है।

सामान्य मनुष्य के लिए परमेश्वर के निराकार या शून्य स्वरूप का स्मरण करना अत्यंत कठिन है। अतः उनके गुणों का चिंतन करके सदा उनके स्मरण में रहा जा सकता है। इस श्लोक में उनके गुणों को अनेक नामों से संबोधित किया है। जैसे सर्वज्ञ, अनादि, सबके नियंता, सूक्ष्म से भी अति सूक्ष्म, अचिन्त्य-स्वरूप, सूर्य के सदृश नित्य चेतन प्रकाश रूप और अविद्या से अति परे, शुद्ध सच्चिदानन्दघन परमेश्वर। इन शब्दों का अर्थ जाने बिना उन पर ध्यान करना संभव नहीं है। यदि किया तो वे केवल अर्थहीन ध्वनि या शब्द मात्र रह जाएँगे। अतः आइए एक-एक करके उनका अर्थ समझते हैं।

सर्वज्ञ- परमेश्वर सर्वज्ञ हैं अर्थात वे भूत, वर्तमान तथा भविष्य के ज्ञाता हैं। वे समय से परे हैं। वास्तव में उनकी परम दृष्टि में वर्तमान, भूत, भविष्य

---

*अन्तर्यामी रूप से सब प्राणियों के शुभ और अशुभ कर्म के अनुसार शासन करनेवाला।

सब एक है। सब अभी घट रहा है। वह तो इंसान की सीमित दृष्टि के कारण समय को तीन भागों में विभाजित किया गया है। अतः ईश्वर आदि से अंत तक का द्रष्टा है।

अनादि– ईश्वर अनादि है। ईश्वर समयाधि है अर्थात समय के भी पहले से है। समय की संकल्पना तो दुनिया बनने के बाद आयी। यह सारी सृष्टि उसी की अभिव्यक्ति है। वह था, है और रहेगा। यह सारी दुनिया उसी में समायी है इसलिए उसके आरंभ या अंत की बात ही नहीं है। वह तो एक शाश्वत अस्तित्व है।

सर्व नियंता– परमेश्वर ब्रह्माण्ड के परम नियंता हैं। प्रत्येक वस्तु उनसे बनी है। इसके सहवास से विश्व को चेतना प्राप्त होती है और वह जीवित रहता है। मनुष्य, जीव-जन्तु, पेड़-पौधे, सारी प्रकृति के पालनहार है– परमेश्वर। प्रतिदिन घटनेवाली घटनाओं के सूत्र उसी के हाथों में होते हैं।

सूक्ष्म से भी सूक्ष्म– मनुष्य देह करोड़ों सूक्ष्म सेल से मिलकर बना है। ईश्वर इन सेल्स् से भी सूक्ष्म, अणु-परमाणु से भी सूक्ष्मतम हैं। वैसे उन्हें सूक्ष्म कहना भी गलत होगा क्योंकि वे तो सर्वव्यापी हैं। जब सारा ब्रह्माण्ड उनमें समाया है तो स्वाभाविक है कि ब्रह्माण्ड के कण-कण में वे समाए हैं। यूँ कहा जा सकता है कि वे सबसे बड़े और छोटे भी हैं। बड़े इसलिए कि सभी को स्वयं में समा सकें और छोटे इसलिए कि हरेक के भीतर जाकर समा सकें। इतना ही नहीं अपनी अकल्पनीय शक्ति द्वारा वे अनेक लोकों तथा आकाशगंगाओं को धारण किए हुए हैं।

अचिन्त्य स्वरूप– परमात्मा का स्वरूप अचिन्त्य है। अर्थात जिसका चिंतन नहीं किया जा सकता। वे इस भौतिक जगत से परे हैं, जिसे हमारा तर्क, दार्शनिक चिंतन छू नहीं पाता, जो अकल्पनीय है। परमात्मा इस भौतिक जगत में व्याप्त होते हुए भी इससे परे है। अरूप, निराकार, अदृश्य, निर्गुण के बारे में भला कैसे चिंतन किया जाए! अतः बुद्धिमान मनुष्यों को

चाहिए कि वे भगवद्गीता जैसे शास्त्रों में लिखित ज्ञान को स्वीकार करके उसे जीवन में उतारे।

नित्य व सूर्य की भाँति तेजवान– परमात्मा नित्य है जबकि यह प्रकृति अनित्य है। जो चीज़ बदलती है वह अनित्य कहलाती है और जो स्थायी है, अचल है, सदा से है, अविनाशी है वह परमात्मा है। उसके होने से सब है तो उसके न होने का प्रश्न ही नहीं उठता। सूर्य प्रतिदिन सारी सृष्टि को ऊर्जा प्रदान करता है, सदियों से इसमें कोई खण्ड नहीं पड़ा है। सृष्टि में कितनी भी उथल-पुथल हो, ज्वालामुखी फूटे, अतिवृष्टि हो या सूखा पड़े, सूर्य नित्य अपना तेज प्रकृति को देता रहता है, जिससे वह जीवंत रह सके। परमात्मा भी अखंड रूप से इस चराचर सृष्टि का पालनहार है।

अविद्या से अति परे, शुद्ध सच्चिदानन्दघन– एक छोटा बच्चा बहुत ही सहज, सरल मन का मालिक होता है। जैसे-जैसे वह बड़ा होता है, उसके भीतर कॉन्ट्रास्ट माइंड (तोलू मन) तैयार होता है, जो हर चीज़ को अच्छे-बुरे का लेबल लगाता है। यहीं से अविद्या की शुरुआत हो जाती है। धीरे-धीरे मन में तुलना-तोलना, अनुमान, अविश्वास, लेबल लगाना, मान्यताओं में उलझना आदि शुरू हो जाता है। इससे इंसान मन की शुद्धता खो देता है और अनेक दुःखों को आमंत्रित करता है। यदि उसे जीवन में सच्चे गुरु का मार्गदर्शन मिले तो उसकी फिर से सुल्टी यात्रा शुरू हो जाती है। वह फिर उस सच्चे, शुद्ध, सात्विक मन का मालिक बन, तेज अज्ञानी (परम) अवस्था को प्राप्त हो सकता है। यही शुद्ध सच्चिदानन्दघन है।

10

श्लोक अनुवाद : वह भक्ति युक्त पुरुष अन्तकाल में (भी) योगबल से भृकुटी के मध्य में प्राण को अच्छी प्रकार स्थापित करके, फिर

अध्याय ८ : १०

निश्चल मन से स्मरण करता हुआ उस दिव्यरूप परम पुरुष परमात्मा को ही प्राप्त होता है–।।१०।।

गीतार्थ : मनुष्य का इस भूतल पर आने का उद्देश्य ही है– परम पुरुष परमात्मा को प्राप्त होना। यह लक्ष्य प्राप्त करने के कई मार्ग हैं। अध्यात्म के एक मार्ग में शरीर पर साधना करके, योगासनों के द्वारा आत्मा से एकरूपता का अभ्यास किया जाता है तो दूसरा मार्ग सीधे सेल्फ से ही शुरू होता है। गीतार्थ इसी मार्ग को समझाता है। इस श्लोक में योग बल से भृकुटी के मध्य प्राण स्थापित करना अर्थात तेजस्थान (अंदर बाहर के बाहर का स्थान, हृदय स्थान) पर रहकर, ईश्वर के दिव्य रूप की आराधना करना है। आइए, इसे और विस्तार से समझते हैं।

प्रस्तुत श्लोक का विषय है एकाग्रचित्त होकर तेजस्थान पर रहकर परम पुरुष का ध्यान। इसके लिए प्रयाणकाल (अंतकाल) में मन को निश्चल (अकंप) रखना ज़रूरी है। यहाँ प्रयाणकाल का अर्थ शरीर की मृत्यु से नहीं बल्कि अहंकार की मृत्यु से है। सजगता के साथ तेजस्थान पर रहकर जब शरीर, मन एवं बुद्धि को स्वयं से अलग जाना जाता है। अर्थात जब अहंकार गिर जाता है तब साधक आंतरिक स्थिरता का अनुभव करता है। ऐसे समय भक्ति युक्त पुरुष पवित्र, निश्चल मन से एकात्मकता के अनुभव का अनुभव करता है। कई बार साधक इस उच्च अवस्था को पाकर भी चेकर (तोलूमन जो हर समय चेक करते रहता है) के आ जाने से उस अवस्था को सँभाल नहीं पाता।

मान लीजिए, आपने एक चश्मा लगा रखा है और आपको उससे स्पष्ट दिखायी दे रहा है। अब यदि चश्मा कहे, 'ज़रा देखूँ तो कौन देख रहा है?' तो आप जानते हैं कि चश्मा कभी भी देखनेवाले को नहीं देख सकता। ठीक इसी तरह जब अनुभव चल रहा होता है तब चेकर आकर कहता है कि 'ज़रा मैं देखूँ कि अनुभव करनेवाला कौन है?' इस चेकर से

अध्याय ८ : १०

बचने के लिए भक्ति का रोल महत्वपूर्ण है।

यहाँ जिस भक्ति की बात की जा रही है, वह 'लेने-देने' की भक्ति नहीं है कि 'मैं तेरी भक्ति करता हूँ तो हे ईश्वर तुम मेरी फलाँ-फलाँ मनोकामना पूरी करो।' यह भक्ति तो परा भक्ति है। बिना किसी लोभ या लालच के, बदले में कुछ न पाने की कामना से की गयी भक्ति। ध्यान भी ईश्वर प्रेम में किया जा रहा है, न कि परम पुरुष परमात्मा को पाने के लिए। परा भक्ति ईश्वर के प्रति वह प्रेम है, जिसमें कोई शर्त नहीं होती। वह प्रेम जो स्वभाववश किया जाता है, तेज भक्ति कहलाता है।

प्रस्तुत श्लोक में योगबल का आशय उस बल से है, जो लंबे समय तक नियमित रूप से ध्यान का अभ्यास करने से प्राप्त होता है। यह वह आंतरिक शक्ति है, जो मन के विषयों से मुक्त होने पर और बुद्धि के परम सत्य में स्थापित होने पर प्राप्त होती है और निरंतर समृद्ध होते जाती है। जैसे शुरुआत में ध्यान करने से आपको अब तक जीवन में जो भी घटा है, उसके विचार या फिर भविष्य के विचार आते हैं। धीरे-धीरे आप विचारों को देखना सीखते हैं तो उनकी संख्या कम होने लगती है और आपका ध्यान तेजस्थान पर टिकने लगता है। कुछ समय बाद आप आँख खोलकर भी ध्यान कर पाते हैं। इंद्रियों से महसूस होनेवाले दिखावटी सत्य में नहीं उलझते। इससे आपकी ऊर्जा जो इधर-उधर बिखर रही थी, एक जगह केंद्रित होने लगती है और आपकी ध्यान शक्ति समृद्ध होते जाती है।

अध्याय ८ : १०

● मनन प्रश्न :

१. क्या आपने कभी इस विषय पर मनन किया है कि शरीर के अंतकाल में मेरी अवस्था कैसी रहेगी? क्या मेरा मन नाम सिमरन में स्थिर हो पाएगा? अगर मनन नहीं किया है तो अब करें।

२. मनन करें कि आपकी ध्यान शक्ति में कितना बल आया है? आँख खोलकर आप कितनी देर स्वानुभव में रह सकते हैं? कौन से दृश्य या घटनाएँ आपको स्वनुभव से हटा देती हैं?

अध्याय ८

भाग ३
सद्गति युक्ति
॥ ११-१६ ॥

अध्याय ८

यदक्षरं वेदविदो वदन्ति विशन्ति यद्यतयो वीतरागाः। यदिच्छन्तो ब्रह्मचर्यं चरन्ति तत्ते पदं संग्रहेण प्रवक्ष्ये।।११।।

सर्वद्वाराणि संयम्य मनो हृदि निरुध्य च । मूर्ध्न्याधायात्मनः प्राणमास्थितो योगधारणाम्।।१२।।

ओमित्येकाक्षरं ब्रह्म व्याहरन्मामनुस्मरन्। यः प्रयाति त्यजन्देहं स याति परमां गतिम्।।१३।।

अनन्यचेताः सततं यो मां स्मरति नित्यशः। तस्याहं सुलभः पार्थ नित्ययुक्तस्य योगिनीः।।१४ ।।

मामुपेत्य पुनर्जन्म दुःखालयमशाश्वतम्। नाप्नुवन्ति महात्मानः संसिद्धिं परमां गताः ।।१५ ।।

आब्रह्मभुवनाल्लोकाः पुनरावर्तिनोऽर्जुन । मामुपेत्य तु कौन्तेय पुनर्जन्म न विद्यते।।१६ ।।

|| अध्याय ८, श्लोक अनुवाद और गीतार्थ ||

11

श्लोक अनुवाद : और हे अर्जुन! वेद के जाननेवाले विद्वान जिस सच्चिदानन्दघनरूप परम पद को अविनाशी कहते हैं, आसक्ति रहित यत्नशील संन्यासी महात्माजन, जिसमें प्रवेश करते हैं (और) जिस परम पद को चाहनेवाले (ब्रह्मचारी लोग) ब्रह्मचर्य का आचरण करते हैं, उस परम पद को (मैं) तेरे लिए संक्षेप से कहूँगा।।११।।

गीतार्थ : श्रीकृष्ण यहाँ उस परम पद की स्तुति करते हुए कहते हैं कि जिसे वेदों के ज्ञाता ओंकार कहते हैं, सहजता से अनासक्त हुए संन्यासी उस अवस्था को प्राप्त होते हैं और जिस परमपद का अनुभव करने के लिए साधक, ब्रह्मचर्य व्रत का पालन करते है, उस परम पद को आगे मैं वर्णित करूँगा।

जिस दिन मनुष्य खुद को सारी सृष्टि के साथ एक होने का अनुभव करता है, जिस दिन मनुष्य की छोटी सी लहर सागर में खो जाती है, उस दिन जो संगीत सुनायी देता है, वह ओंकार है। जहाँ सत्य, चित्त और आनंद का सघन अस्तित्व हो अर्थात जहाँ चित्त की मदद से अपने होने का एहसास हो।

यह श्लोक इशारा करता है कि आत्मसंयम और वैराग्य के द्वारा किस प्रकार इस मार्ग पर आगे बढ़ा जा सकता है। जिसके चित्त में स्वाभाविक रूप से राग, द्वंद और मोह का अभाव हो, वह वितरागी है। वे साधक वितरागी हैं, जो विषयों की व्यर्थता और जीवन के परम लक्ष्य की महत्ता समझकर, आसक्ति से पूर्ण रूप से मुक्त हो गए हैं।

साधना पथ पर चलते हुए खोजी सत्य और माया में डोलता रहता है। कभी सत्य का पलड़ा भारी होता है तो कभी माया का। धीरे-धीरे अनुभव से वह जानने लगता है कि माया जगत से मिलनेवाली खुशी अस्थायी है। फिर चाहे वह कितने ही बड़े कारण से मिली हो, एक न एक दिन धूमिल पड़ ही जाती है। मन फिर किसी और खुशी की चाह में भटकता है। जब इंसान इस सिलसिले

का दर्शन करता है तब उसे मन के विषयों की व्यर्थता महसूस होती है और वह उन्हें सहजता से त्यागकर अपने लक्ष्य की ओर अग्रसर होता है, वितरागी बन जाता है।

श्लोक में ब्रह्मचर्य का आशय है, जो ब्रह्म में वास करते हैं। अर्थात वे सिर्फ शारीरिक ही नहीं बल्कि मानसिक रूप से भी सांसारिक प्रलोभनों से अछूते रहकर, एक ओंकार में अपने ध्यान को लगाए उसी अक्षर ब्रह्म में प्रवेश करते हैं, जिसे अध्याय के आरंभ में बताया गया है।

12-13

श्लोक अनुवाद : हे अर्जुन!- सब इंद्रियों के द्वारों को रोककर तथा मन को हृद्देश में स्थिर करके, (फिर उस जीते हुए मन के द्वारा) प्राण को मस्तक में स्थापित करके, परमात्म संबंधी योगधारणा में स्थित होकर...।।१२।।

जो पुरुष 'ॐ' इस एक अक्षर रूप ब्रह्म को उच्चारण करता हुआ (और उसके अर्थस्वरूप) मुझ निर्गुण ब्रह्म का चिंतन करता हुआ शरीर को त्यागकर जाता है, वह पुरुष परम गति को प्राप्त होता है।।१३।।

गीतार्थ : योगधारणा अर्थात ध्यान धारणा पर बल देते हुए भगवान श्रीकृष्ण कहते हैं कि यही वह मार्ग है, जिसके ज़रिए मनुष्य स्वअनुभव में स्थापित हो सकता है। धारणा का अर्थ है धारण करना, अपनाना। जैसे संन्यासी भगवे वस्त्र धारण करता है अर्थात वह भगवे वस्त्र पहनता है, कोई राजनेता पद धारण करता है अर्थात वह पद को अपनाता है। इसी तरह योग को धारण करना अर्थात उसे अपने भीतर आत्मसात करना।

यदि आप ध्यान को हैंगर पर टाँगकर कहें कि 'मैंने ध्यान धारणा की है', इसका अर्थ आपने उसे धारण नहीं किया है। जैसे आपकी पोशाक हैंगर पर टँगी हो तो उसे पहनने के बाद आनेवाली भावना नहीं

अध्याय ८ : १२-१३

आती, पहनने के बाद की भावना का अनुभव तभी होता है, जब उसे हैंगर से उतारकर पहना जाए। इसी तरह ध्यान को हैंगर से उतारकर जीया जाए तो ही उसका अनुभव किया जा सकता है। ध्यान को तभी जीया (धारण) जा सकता है, जब शरीर को सही ढंग से होल्ड किया जाए। और शरीर को होल्ड करने के लिए उसके पंच प्यारों (पाँच इंद्रियों) को होल्ड करना आना चाहिए।

श्रीकृष्ण कहते हैं कि ध्यान-योग को आत्मसात करने के तीन प्रमुख सोपान हैं।

१. पंचेन्द्रियों को विषयों से हटाकर, उनके द्वारों को बंद करनाः
मनुष्य के स्थूल शरीर में पाँच इंद्रियाँ साधन स्वरूप दी गयी हैं। आँख, कान, नाक, जीभ और त्वचा। ये वे पाँच द्वार हैं, जिनके माध्यम से मनुष्य का बाहरी जगत से संबंध बनता है। इस बाह्य जगत से अनेक प्रलोभन मन में प्रवेश करके मन को बेचैन करते हैं। विवेक और वैराग्य के द्वारा इन इंद्रिय द्वारों को संयमित करना प्रथम साधना है, जिसके बिना योग-धारणा नहीं की जा सकती। इंद्रियों के द्वारा न केवल बाह्य विषय मन में प्रवेश करते हैं बल्कि इन्हीं के माध्यम से मन बाह्य विषयों में भटकता है।

इंद्रियाँ प्रशिक्षित न हों तो वे हमें बाहर खींचती हैं। जैसे एक इंसान शांत, प्रसन्न मन से घर से निकला। तभी सामने से उसका पड़ोसी परिवार सहित आते हुए दिखायी दिया। हाय... हैलो करने के बाद मित्र ने बताया कि वह पूरे परिवार के साथ यूरोप टूर पर गया था। संक्षेप में उसने वहाँ की सुंदरता का भरपूर वर्णन किया और चला गया। फिर क्या था! इस इंसान की शांत, प्रसन्न अवस्था जाने कहाँ गुम हो गयी। उसकी जगह ले ली इन विचारों ने– 'पता नहीं लोग कैसे यह सब कर पाते हैं!! हम यहाँ इंडिया के इंडिया में घूमने नहीं जा पाते... एक नहीं अनेक प्रॉब्लम हैं। कभी मेरी छुट्टी का प्रॉब्लम... कभी बच्चों की परीक्षाएँ तो कभी पैसे की समस्या पीछा नहीं छोड़ती।'

यदि मनुष्य की इंद्रियाँ प्रशिक्षित हों तो वे मनुष्य को बाहरी जगत से जोड़ते हुए यही बताती हैं कि 'ये तुम नहीं हो।' उपरोक्त उदाहरण में यदि उस इंसान के कान प्रशिक्षित होते तो वह विचारों की कलाबाजियों में नहीं फँसता। वह जानता कि सभी बाह्य अनुभव उसे अनुभवकर्ता का अनुभव करवा रहे हैं।

अतः इंद्रियों को साधने के लिए उनका प्रशिक्षण ज़रूरी है। हर इंद्रिय के साथ देखें कि वह क्या चाहती है? कहाँ अटकती है? पहले अपनी आँख, कान, नाक, जीभ और त्वचा को क्या पसंद है, यह पहचानें। आँखों को कौन से दृश्य, कानों को कौन सी ध्वनि, नाक को कौन सी महक, जीभ को कौन सा स्वाद और त्वचा को कौन से स्पर्श पसंद हैं? फिर विवेक बुद्धि से आप तय करें कि सारा दिन आप किन बातों पर ध्यान देना चाहते हैं। इंद्रियों के आकर्षण में खोना चाहते है या उन्हें साधना चाहते हैं? उसके अनुसार ही अपनी इंद्रियों को अनुमति दें।

दरअसल पाँच इंद्रियाँ हमें हमारा एहसास कराने का साधन हैं। यदि जुबान सेल्फ का जप न करे... कान अनहद नाद न सुनें... आँख सेल्फ का दर्शन न करे... नाक सत्य की सुगंध न ले और त्वचा भक्ति के मौसम का अनुभव न करे तो ये सभी व्यर्थ हैं। अतः पाँच इंद्रियों का मिलना सार्थक बनाएँ, व्यर्थ न गवाएँ।

२. मन को हृदय स्थान (तेजस्थान) में स्थापित करना : इंद्रियों को अनुशासित करने पर मन बाह्य विषयों से व्याकुल नहीं हो सकता, फिर भी भूतकाल के भोगे हुए मोह के क्षणों को स्मरण कर, वह स्वयं ही व्याकुल हो सकता है। इसलिए मन को हृदय में स्थापित करने का उपदेश दिया गया है। अध्यात्म में हृदय का अर्थ मनुष्य के शारीरिक हृदय से नहीं है, जो रक्त का संचारण करता है। यहाँ हृदय का आशय दया, करुणा, स्नेह, कृपा, भक्ति जैसी रचनात्मक भावनाओं के उद्गम स्थल से है।

अध्याय ८ : १२-१३

इंद्रियों को प्रशिक्षित करके बाहरी स्थूल संवेदनाओं का मन में प्रवेश रोकने के बाद साधक को चाहिए कि वह मन को दिव्य व पवित्र बनाए, न कि उसका दमन करे। उसे स्वयं से प्रश्न पूछना चाहिए कि 'वह योग धारणा क्यों करना चाहता है? वह अपने लक्ष्य प्राप्ति के लिए कितना दृढ़ है? इंद्रियों को अनुशासित करने का कार्य भक्ति करवा रही है या शक्ति (संकल्प)?' क्योंकि भक्ति ही मन को दमन से बाहर निकालकर नमन कराती है।

३. प्राणशक्ति को मस्तक अर्थात बुद्धि में स्थापित करना : इसका तात्पर्य है कि बुद्धि को सभी निम्नस्तरीय विचारों एवं वस्तुओं से मुक्त करना। मैं, मेरा, मुझे, तू, तेरा, तुझे की दुनिया से जुड़े रहने के कारण बुद्धि का इनसे तादात्म्य रहता है। निरंतर स्वयं की खोज से बुद्धि को भौतिक विषयों से परावृत्त किया जा सकता है। बुद्धि से जब सांसारिक भोग हटेंगे तब प्राणशक्ति बुद्धि में स्थापित होगी।

मन पर काम किए बिना केवल ओम... ओम... ओम... का उच्चारण कर, अक्षर स्वरूप ब्रह्म को प्राप्त नहीं हुआ जाता। जो साधक अपने आस-पास के विभिन्न विषयों को भूलकर, आनंद और संतोष से मन को बुद्धि के अनुशासन में ला सकता है, वह मन में ओंकार का उच्चारण सरलता से कर सकता है।

जब इंद्रियों के द्वार बंद हों, मन का निग्रह हो और प्राण मस्तिष्क में स्थित हों, तब किया जानेवाला 'ओम' का स्मरण साधक को ध्यानावस्था में पहुँचाता है। इसे ही योगधारणा कहा गया है। इस तरह योग्य अवस्था में ओम का उच्चारण करके, मेरा चिंतन करता हुआ जो शरीर त्यागता है, वह इस शरीर के साथ जुड़े लेबल्स् जैसे माँ, पिता, भाई, बहन, पति, पत्नी, बॉस, डॉक्टर, वकील से ऊपर उठ जाता है। जिसके कारण अहंकार का लोप हो जाता है और वह परम गति को प्राप्त होता है। यही वास्तविक मृत्यु है। यहाँ देहत्याग का अभिप्राय है देहात्मभाव का त्याग।

अध्याय ८ : १४

14

श्लोक अनुवाद : और- हे अर्जुन! जो पुरुष मुझमें अनन्य-चित्त होकर सदा ही निरंतर मुझ पुरुषोत्तम को स्मरण करता है, उस नित्य-निरंतर मुझमें युक्त हुए योगी के लिए मैं सुलभ हूँ, अर्थात उसे सहज ही प्राप्त हो जाता हूँ।।१४।।

गीतार्थ : इस श्लोक में शुद्ध भक्तियोग का वर्णन किया गया है। भक्तियोग में भक्त, भगवान के अतिरिक्त और कोई इच्छा नहीं करता। शुद्ध भक्त न तो स्वर्गलोक की कामना करता है, न मोक्ष का प्यासा है और न ही इस भवसागर से मुक्ति की इच्छा रखता है। सच्चा भक्त किसी भी वस्तु की चाहना नहीं करता। वह निष्काम होता है। उसे ही पूर्ण शांति का लाभ होता है, उन्हें नहीं जो स्वार्थ में लगे रहते हैं। एक ओर जहाँ भक्ति के बदले में किसी चीज़ की माँग की जाती है, वहीं पूर्ण भक्त में भगवान को प्रसन्न करने के अतिरिक्त अन्य कोई भाव नहीं होता। अतः श्रीकृष्ण कहते हैं- जो एकनिष्ठ भाव से मेरी भक्ति में लगा रहता है, उसे मैं सहजता से प्राप्त होता हूँ।

इस श्लोक में 'अनन्य चित्त' शब्द बहुत महत्वपूर्ण है। ऐसा चित्त जहाँ चिंतन में कोई व्यवधान न आए, जो एक ही दिशा में मनन करे, जो अविचलित होते हुए लगातार, निरंतर ईश्वर स्मरण में लगा रहे। सुबह-शाम, उठते-बैठते, सोते-जागते जो चिंतन चले, वह है अनन्य चिंतन। अन्य कुछ नहीं, केवल सत्य।

मनुष्य की कुछ स्मृतियाँ धुँधली होती हैं तो कुछ स्पष्ट। कोई स्मृति ऐसी नहीं होती, जो निरंतर चलती है। एक माँ अपने बच्चे को बहुत प्यार करती है लेकिन उसके स्कूल जाने के बाद वह अपने कामों में लग जाती है। सतत् उसे याद करते नहीं बैठती। इसी तरह दोस्त हो या दुश्मन,

अध्याय ८ : १४

लगातार आप उसे याद नहीं करते। अपनी नियमित दिनचर्या निभाते समय आपका मन अपने कामों में संलग्न रहता है। मन किसी एक विषय को सतत् याद करना भी चाहे तो याद नहीं कर पाता। इसका स्वभाव बंदर के समान है उछलता हुआ।

अब ज़रा सोचिए कि जिसके साथ आपक सतत् का व्यवहार है, जब वे सतत् याद नहीं आते तो कृष्ण कैसे सतत याद आएँगे? आप अपने आपको जो मानते हैं, क्या उसे कभी भूलते हैं? अपना नाम, जाति, लिंग, संप्रदाय लेबल्स् कभी भूलते हैं? नींद में जाते समय भी अपनी पहचान का एक धागा लेकर जाते हैं। इसलिए कोई आपका नाम पुकारता है तो आप जाग जाते हैं। जागते ही मन का संसार जागृत हो जाता है। अपना-पराया, प्रिय-अप्रिय शुरू हो जाता है। सपने में भी मन की दुनिया का विस्तार है। अर्थात आप स्वयं को जो मानते हैं, उसे कभी नहीं भूलते। जो भी आपसे अलग है, वह हमेशा आपको याद नहीं रह सकता।

यदि चित्त और कृष्ण एक हो जाएँ तो भला चित्त अपने स्वरूप को कैसे भूल सकता है? लेकिन हमारी तो पुरानी ट्रेनिंग है स्वयं को शरीर मानने की। यदि आप स्वयं को और कृष्ण को अलग-अलग मानते हैं तो 'कभी भूला-कभी याद किया' ही होगा।

अपने आपमें जिसने कृष्ण को देखा, वही अनन्य रूप से कृष्ण का चिंतन कर सकता है। 'मैं ही ब्रह्म हूँ, मैं ही अधियज्ञ हूँ', जब तक यह अनुभूति न हो जाए तब तक अनन्य चिंतन पूरा नहीं हो सकता।

अतः अपने ही भीतर कृष्ण को ढूँढें। कृष्ण और मैं एक हैं, यह जान लें तभी आपको अपने आपमें कृष्ण दिखते रहेंगे। फिर भूलने का सवाल नहीं उठेगा। ऐसे भक्त को कृष्ण सहज ही प्राप्त होते हैं। अर्थात कृष्ण तो सदा से उपलब्ध हैं ही, देर है उन्हें पहचानने की।

अध्याय ८ : १५

15

श्लोक अनुवाद : परम सिद्धि को प्राप्त महात्माजन मुझको प्राप्त होकर दुःखों के घर (एवं) क्षणभंगुर पुनर्जन्म को नहीं प्राप्त होते।।१५।।

गीतार्थ : यहाँ श्रीकृष्ण अपने स्वरूप से एकरूप होने की महिमा को समझाते हुए कहते हैं कि वे भक्तियोगी जन जो मुझसे तदरूप हुए हैं, वे कभी भी दुःखों से पूर्ण इस अनित्य जगत में नहीं लौटते हैं और क्षणभंगुर पुनर्जन्म से बचे रहते हैं। चूँकि यह नश्वर जगत जन्म, रोग, बुढ़ापा, मृत्यु के क्लेशों से भरा है, अतः इसे दुःखों का घर कहा गया है। यहाँ क्षणभंगुर से भगवान कृष्ण का आशय है कि ऐसा जन्म जो क्षण में लोप हो सकता है। जैसे आप रात नींद में सपना देख रहे हैं और अचानक नींद खुल जाए तो जो भी दृश्य, किरदार आप सपने में देख रहे थे, सब गायब हो जाते हैं। ठीक इसी तरह जैसे ही आप यह देह छोड़ते हैं, आपका संसार, सारे रिश्ते, आपका किरदार क्षण में बिखर जाते हैं। श्रीकृष्ण कहते हैं, जो महापुरुष मुझको प्राप्त होता है, वह क्षणभंगुरता से मुक्त होकर चिरंतन सत्य का अनुभव करता है।

उपरोक्त 'कृष्ण उपदेश' को दो दृष्टिकोण से समझा जा सकता है।

१. व्यक्ति का दृष्टिकोण- इसके अनुसार एक इंसान जन्म-मरण के फेरे से गुजरकर, चेतना का उत्थान करते हुए अंत में कृष्ण चेतना को प्राप्त होता है। अपनी इस यात्रा में उसे कई जन्म लेने पड़ते हैं। ये जन्म उसे उसके कर्मों व कामनाओं के अनुसार मिलते हैं। जिनमें उसे बहुत से दुःखों का सामना करना पड़ता है। ऐसे में यदि उसे सच्चा गुरु मिले तो वह उसे माया और सत्य का ज्ञान करवाकर, जन्म-मरण के फेरे से मुक्ति दिलाता है।

एक बंदरिया अपने नवजात शिशु को तब तक अपने सीने से लगाए एक वृक्ष से दूसरे वृक्ष पर, फिर तीसरे, चौथे और इस तरह सारे वन

अध्याय ८ : १५

का चक्कर लगाती है, जब तक शिशु खुद कूदने-फाँदने में सक्षम नहीं हो जाता। अब कहने को तो शिशु एक पेड़ से दूसरे पेड़ का चक्कर लगा रहा है लेकिन वास्तव में तो बंदरिया ही उसे चिपकाए इधर से उधर नाच रही है।

ठीक इसी तरह इंसान भी अपने भीतर स्थित ईश्वर (सेल्फ) की गोद में रहते हुए शरीर की मृत्यु और पुनर्जन्म के चक्र में घूमता रहता है। अज्ञानवश वह जन्म-मरण से डरकर इस चक्कर से छूटने की प्रार्थना करता है। ऐसे साधकों को सांत्वना देने के लिए प्रभु कहते हैं- 'ठीक है मुझे प्राप्त करो, फिर तुम्हारा पुनर्जन्म नहीं होगा।' जब तक साधक उच्च दृष्टिकोण को समझ नहीं पाता तब तक उसे यही जवाब दिया जाता है।

२. सेल्फ का दृष्टिकोण- सेल्फ के दृष्टिकोण से सेल्फ के अलावा बाकी सब निर्जीव है। केवल सेल्फ ही सजीव है। उसकी कभी मृत्यु नहीं होती। और जिसकी मृत्यु नहीं होती, उसका पुनर्जन्म होने का सवाल ही पैदा नहीं होता।

सेल्फ की दो अवस्थाएँ हैं। पहली- सेल्फ की आराम अवस्था (सेल्फ ऍट रेस्ट) और दूसरी- सेल्फ की क्रियाशील अवस्था (सेल्फ इन ऍक्शन)। आराम अवस्था में वह अकेला होता है, निष्क्रिय होता है; जबकि क्रियाशील अवस्था में वह अपनी ही जड़ प्रकृति से जुड़कर जीव कहलाता है। इसमें वह एक आवरण धारण कर लेता है, जिसे शरीर कहते हैं।

जीव का जीवन दो भागों में बँटा है। एक स्थूल जगत का, जो दृश्य होता है और दूसरा सूक्ष्म जगत का, जो अदृश्य होता है। साधारणतः सेल्फ पहले सूक्ष्म शरीर धारण कर अपनी लीला रचता है। सूक्ष्म शरीर धारण किया हुआ जीव, सूक्ष्म और स्थूल इन दो जगतों में आना-जाना करता रहता है। सूक्ष्म से स्थूल जगत में आते समय वह दृश्य शरीर का आवरण धारण करता है और स्थूल से सूक्ष्म जगत में जाते समय वह

अध्याय ८ : १५

यह आवरण छोड़ देता है। इस तरह अनेक आवरणों को ओढ़ता-छोड़ता वह अपनी यात्रा जारी रखता है। इसे ही मोटे तौर पर पुनर्जन्म कहा गया है।

अब आप समझ सकते हैं कि पुनर्जन्म इंसान का नहीं बल्कि सेल्फ का होता है। सेल्फ एक महानायक की तरह है, जो एक ही समय में इतनी सारी भूमिकाएँ निभाता है। इस सारी कहानी में आप कहाँ हैं, जो आपका पुनर्जन्म होगा? जो जन्म ले रहा है वह तो अजन्मा है तो भला उसकी मृत्यु कैसे हो सकती है?

इस बात को समझें कि जन्म-जन्मान्तर में यह शरीर नहीं भटकता। वह तो हर जन्म में नया मिल जाता है। भटकना तो मन के स्तर पर होता है। जब आप शरीर और मन से अपने आपको पृथक देखेंगे तो जानेंगे, 'मेरा जन्म आज भी नहीं हुआ तो कल क्या होगा? शरीर के बनने से मैं बना नहीं तो शरीर के मिटने से मैं कैसे खत्म होऊँगा?'

पानी में एक लहर बनती दिखी और गिरी। जब लहर उठी तो कहते हैं जन्म हुआ। जब लहर गिरी, जल में मिल गयी तो कहते हैं, मरण हुआ। सत्य यह है कि पानी स्थिर है तो भी पानी है, जब पानी में लहर उठे तो वह पानी ही है, जब लहर मर जाए तो मरी हुई लहर भी पानी है।

अज्ञानी जन्म-मरण से दुःखी होता है, जबकि ज्ञानी जन्म-मरण को खेल जानकर खूब खेलता है। वह जानता है कि कहानी का रचनाकार भी वही है, किरदार भी वही है और संहार भी वही ईश्वर है।

श्रीकृष्ण कहते हैं- जो मेरे साथ एकाकार होता है, वह पुनर्जन्म के फेरे से बच जाता है। देखो, अब इस उपदेश ने एक नया ट्विस्ट लिया है। सेल्फ (परम चेतना) जब जड़ से जुड़ता है तब जीव तैयार होता है। यह जीव माया के प्रभाव में आकर अपना मूल स्वरूप भूल जाता है और स्वयं को एक पृथक अस्तित्व समझने लगता है। स्थूल और सूक्ष्म जगत में सेल्फ के इस आवागमन को वह स्वयं की मृत्यु और स्वयं का पुनर्जन्म समझता है।

अध्याय ८ : १६

इंसान आदि काल से अपने शरीर और मन से अपनी पहचान बनाता आ रहा है। शरीर के नाम, काम, धाम और अन्य लेबल्स् को ही वह 'मैं' मानता है। गुरु के जीवन में आने के बाद उसे अपने अहंकार का ज्ञान होता है। वह साधना पथ पर चलता है। इस प्रोसेस में धीरे-धीरे उसका अहंकार कम होने लगता है। पर ज़रा भी मन के विरुद्ध बातें हो गयीं तो वह पुनः सिर उठाता है। जैसे इंसान को कोई असाध्य रोग हो जाए तो वह डॉक्टर से उसका इलाज करवाता है। लेकिन तब तक रोग के रीअकरेंस (पुनरावृत्ति) की संभावना बनी रहती है, जब तक वह जड़ से नष्ट न हो जाए। इसी तरह इंसान आदिकाल से 'अहंकार' के रोग से पीड़ित है। गुरु उसका इलाज करते हैं लेकिन बार-बार उसका रीअकरेंस होता रहता है। सौवाँ हथौड़ा (अंतिम समझ) लगने पर वह समूल नष्ट होकर अपने मूल स्थान पर आ जाता है।

जब साधक को सत्य का ज्ञान होता है तब वह अनुभव करता है कि उसका पृथक अस्तित्व तो अस्तित्व में ही नहीं है। व्यक्ति तो सिर्फ धोखा है। प्रकट तो सिर्फ एक ही हो रहा है-वह है सेल्फ, जो सभी में मौजूद है। जैसे ही अज्ञान का परदा हटता है, 'मैं' का रोग नष्ट हो जाता है। व्यक्ति का अहंकार जो बार-बार जन्म ले रहा था, थम जाता है। व्यक्ति स्वअनुभव में स्थित हो जाता है। अब मनुष्य देह धारण करने पर भी वह पुनर्जन्म के फेरे से मुक्त रहता है। जिस जगत को वह दुःख, पीड़ा, कष्टों का घर कह रहा था, वह जगत स्वयं को जानने का मौका बन जाता है। शरीर स्वयं (असली मैं) की अभिव्यक्ति के लिए निमित्त बन जाता है और यह संसार अभिव्यक्ति का मैदान बन जाता है।

16

श्लोक अनुवाद : क्योंकि- हे अर्जुन! ब्रह्मलोकपर्यंत सब लोक

अध्याय 8 : 16

पुनरावर्ती* हैं, परन्तु हे कुन्तीपुत्र! मुझको प्राप्त होकर पुनर्जन्म नहीं होता; क्योंकि मैं कालातीत हूँ और ये सब ब्रह्मादि के लोक काल द्वारा सीमित होने से अनित्य हैं।।16।।

गीतार्थ : जैसा कि पूर्व के श्लोकों में आया है कि परम चेतना जब मनोशरीर के साथ जुड़ती है तो मानव का सृजन होता है। अपनी परवरिश, मान्यताओं, सोच के कारण प्रत्येक मनुष्य चेतना के एक विशिष्ट स्तर पर जीवन जीता है। विकारों के अधीन इंसान चेतना के निम्न स्तर को रीप्रेझेंट करता है। जैसे-जैसे वह अपने मन को शुद्ध करता है, वैसे-वैसे वह चेतना के ऊपरी स्तर पर पहुँचता है। जहाँ वह व्यक्तिगत जीवन से ऊपर उठकर सबके मंगल की भावना रखता है। स्थूल जगत से देह छूटने के बाद सूक्ष्म शरीर में भी उसकी यात्रा जारी रहती है। भौतिक जगत में मिली समझ को लेकर वह आगे की यात्रा करता है। इस तरह सूक्ष्म जगत में भी जीव चेतना के अलग-अलग स्तरों पर जीता है।

यहाँ श्रीकृष्ण अर्जुन से कहते हैं कि हे कुन्तीपुत्र! इंसान साधना पथ पर चलते हुए चाहे ब्रह्म लोक (चेतना के उच्च स्तर) तक पहुँच जाए, फिर भी उसे पृथ्वी लोक में पुनः जन्म लेना पड़ता है। चेतना के ऊँचे स्तर पर जाकर यदि इंसान माया के आकर्षण में फँस जाए तो उसे फिर निचले तलों पर आना पड़ता है। ये सभी स्तर समय के घेरे में बँधे हैं। अतः ये अनित्य, अशाश्वत हैं लेकिन मैं समयाधि हूँ... समय के पार... जहाँ समय का कोई पैरामीटर काम नहीं करता है। जहाँ भूत, भविष्य, वर्तमान सब एक है। जो एक बार मेरे इस असीम ब्रह्म स्वरूप में पहुँचकर मुझमें लीन हो जाते हैं, वे पुनर्जन्म के बंधन से मुक्त हो जाते हैं।

जिस तरह मरे हुए इंसान के पेट में दर्द नहीं होता या जिस तरह जाग जाने पर कोई स्वप्न में दिखी आग में भस्म नहीं होता, उसी तरह जो मेरे

अर्थात् जिनको प्राप्त होकर पीछे संसार में आना पड़े ऐसे।

अध्याय ८ : १६

तद्रूप हो जाते हैं, वे संसार रूपी माया में नहीं फँसते, कमल की तरह अलिप्त रहते हैं।

इसे एक उदाहरण से समझते हैं। मान लीजिए, एक क्रिकेट का खिलाड़ी है, जो मोहल्ले में अच्छा खेलता है। फिर वह कॉलेज की टीम में शामिल किया जाता है। आगे वह स्टेट लेवल पर खेलने लगता है। फिर रीजनल टीम में उसका नाम आ जाता है और अंत में वह अपने देश को रीप्रेजेंट करता है। नॅशनल टीम में आने के बाद फिर उसे कॉलेज टीम का कैप्टन भी बना दिया जाए तो वह वापस नहीं आता, आना भी नहीं चाहता। वहाँ से वह कॉलेज की टीम को देखकर हँस सकता है, मजा ले सकता है। इसी तरह एक बार ज्ञान की अग्नि में तपकर इंसान तेज अज्ञानी बन जाता है। फिर चाहकर भी वह असत्य का परदा नहीं ओढ़ सकता। हाँ, वह उसका अभिनय ज़रूर कर सकता है।

अध्याय ८ : १६

● मनन प्रश्न :

१. मनन हो कि मैंने ध्यान को धारण किया है या सिर्फ हैंगर पर लटकाया है? क्या मायावी आकर्षणों को देखकर भी आपकी इंद्रियाँ शांत रह पाती हैं? यदि नहीं तो क्या कदम उठाना चाहिए?

२. 'अनन्य चिंतन' से आपने क्या समझा है?

३. पुनर्जन्म के संबंध में आपकी समझ क्या कहती है? पुनर्जन्म किसका होता है?

अध्याय ८

भाग ४

ब्रह्मा का काल रहस्य

|| १७-१९ ||

अध्याय ८

सहस्त्रयुगपर्यन्तमहर्यद्ब्रह्मणो विदुः। रात्रिं युगसहस्रान्तां तेऽहोरात्रविदो जनाः ।।१७।।

अव्यक्ताद्व्यक्तयः सर्वाः प्रभवन्त्यहरागमे। रात्र्यागमे प्रलीयन्ते तत्रैवाव्यक्तसंज्ञके।।१८।।

भूतग्रामः स एवायं भूत्वा भूत्वा प्रलीयते । रात्र्यागमेऽवशः पार्थ प्रभवत्यहरागमे।।१९।।

|| अध्याय ८, श्लोक अनुवाद और गीतार्थ ||

17

श्लोक अनुवाद : हे अर्जुन!– ब्रह्मा का जो एक दिन है, (उसको) एक हजार चतुर्युगी तक की अवधिवाला (और) रात्रि को (भी) एक हजार चतुर्युगी तक की अवधिवाला जो पुरुष तत्त्व से जानते हैं*, वे योगीजन काल के तत्त्व को जाननेवाले हैं।।१७।।

गीतार्थ : इस श्लोक में श्रीकृष्ण अर्जुन को समझाते हैं कि कैसे यह संपूर्ण सृष्टि मूलतत्व (सेल्फ) से अस्तित्व में आती है और कैसे एक दिन सारी सृष्टि उसी मूल तत्व में वापस विलीन होती है। आइए, इसे विस्तार से समझते हैं।

शास्त्रों में सृष्टि की उत्पत्ति का रहस्य बताते हुए कहा गया है कि ईश्वर ने पहले ब्रह्मा की रचना की। ब्रह्मा ने फिर सारे जगत का सृजन किया। यह जगत एक निश्चित कालावधि के बाद ब्रह्मा सहित वापस मूल तत्व (सेल्फ) में ही विलीन हो जाता है। सृजन और लय का यह चक्र निरंतर चलता रहता है।

आइए, अब जानते हैं कि ब्रह्मा किसे कहा गया है। ब्रह्मा सेल्फ की वह अवस्था है, जब उसने सृष्टि का नाटक रचने का संकल्प किया। जब सेल्फ समाधि अवस्था से ऐक्शन में आया। उस पहले संकल्प से संपूर्ण सृष्टि की उसके स्वचालित नियमों सहित उत्पत्ति हुई। यह सृष्टि एक निश्चित समय अवधि के लिए अस्तित्व में रहती है। इसमें ईश्वरीय लीला चलती है। उसके बाद उस पहले संकल्प (ब्रह्मा) के साथ यह संपूर्ण सृष्टि सेल्फ में ही विलीन हो जाती है। यह ऐसा ही है, जैसे एक मकड़ी जाले की रचना करे और कुछ समय बाद उस जाले को स्वयं निगल ले।

सृष्टि के उत्पन्न होने से लेकर विलीन होने तक के समय को 'ब्रह्मा का एक दिन' कहा गया है और जितने समय वह विलीन रहती है, उस समय को 'ब्रह्मा की एक रात' कहा गया है। यह रात वास्तव में सेल्फ की समाधि अवस्था है,

---

अर्थात् काल करके अवधिवाला होने से ब्रह्मलोक को भी अनित्य जानते हैं।

अध्याय ८ : १७

जिसे हम 'सेल्फ ऍट रेस्ट' भी कह सकते हैं।

पृथ्वी पर के जीवन के दिन और रात से यदि तुलना की जाए तो ब्रह्मा के दिन-रात नापने के लिए समय का पैमाना पूरा नहीं पड़ेगा। आइए, समय से संबंधित कुछ राज़ खोलते हैं।

जब मन दुःखी होता है तो समय लंबा मालूम पड़ता है। एक व्याकुल और प्रतीक्षारत इंसान का समय बहुत धीरे-धीरे बीतता है। जबकि उस इंसान को समय उड़ता हुआ महसूस होता है, जब वह आराम में, निश्चिंत और सुखद स्थिति में होता है। ताश खेलते इंसान को रात कैसे बीती, पता नहीं चलता और जिस इंसान के शरीर में पीड़ा हो, उसे एक-एक पल युगों जैसा प्रतीत होता है। गहरी नींद में इंसान को समय का ज्ञान नहीं होता। इस आधार पर कहा जा सकता है कि मन को दुःख देनेवाले अनुभवों की संख्या जितनी अधिक होगी, समय की गति उतनी ही मंद महसूस होगी। खुशी का अनुभव दीर्घ काल तक बना रहे तो समय तीव्र गति से बीतेगा।

जैसे-जैसे इंसान चेतना के उच्च तलों पर जाता है, वह अधिक से अधिक मानसिक संतोष, शांति व आनंद प्राप्त करता है और उसका समय बहुत जल्दी बीत जाता है। अब सोचिए, ब्रह्मा जो सारी सृष्टि के स्रष्टा हैं, जो चेतना के उच्चतम स्तर पर विराजमान हैं, वहाँ आनंद का स्तर क्या होगा? और पृथ्वी की तुलना में वहाँ समय की गति कितनी तीव्र होगी? आइए, एक हायपोथेटिकल गणना से जानते हैं कि ब्रह्मा के दिन और रात पृथ्वी की तुलना में कितने बड़े हैं।

श्लोक में कहा गया है कि ब्रह्मा जी का एक दिन एक हज़ार चतुर्युगों का होता है। चतुर्युग में चार युग- सतयुग, द्वापर युग, त्रेता युग और कलियुग शामिल हैं। ये चारों युग (प्रत्येक) औसतन (मान्यता अनुसार) पंद्रह लाख वर्ष तक चलते हैं। इन चारों युगों के एक हज़ार

चक्र पूर्ण होने पर ब्रह्मा का एक दिन पूर्ण होता है। और इतनी ही बड़ी उसकी रात होती है। इन गणनाओं से ब्रह्मा अर्थात सृष्टि की आयु समाप्त न होनेवाली लगती है।

जो इस गणना को तत्त्व से जानते हैं, वे योगी काल को तत्त्व से जानते हैं। उनके लिए समय- मिनट, घंटे, दिन अथवा वर्ष नहीं बल्कि प्रत्यक्ष वर्तमान होता है। वे जानते हैं कि विचार की बुनियाद के बिना समय का वजूद नहीं होता। अतः समय को घड़ी में नहीं बाँधा जा सकता। हालाँकि भौतिक जगत में कामों के व्यवस्थापन के लिए सुविधा हो, इसके लिए घड़ी का उपयोग किया जाता है। सृजनकार, सृजन करने के आनंद में समयातीत हो जाता है। समय, मन की कैद में है, उसका गुलाम है और जो मन की कैद से मुक्त है, वह समय को तत्त्व से जान जाता है।

18-19

श्लोक अनुवाद : इसलिए वे यह भी जानते हैं कि- संपूर्ण चराचर भूतगण ब्रह्मा के दिन के प्रवेश काल में अव्यक्त से अर्थात् ब्रह्मा के सूक्ष्म शरीर से उत्पन्न होते हैं (और) ब्रह्मा की रात्रि के प्रवेशकाल में उस अव्यक्त नामक ब्रह्मा के सूक्ष्म शरीर में ही लीन हो जाते हैं।।१८।।

और- हे पार्थ! वही यह भूतसमुदाय उत्पन्न हो-होकर प्रकृति के वश में हुआ रात्रि के प्रवेश काल में लीन होता है (और) दिन के प्रवेश काल में (फिर) उत्पन्न होता है।।१९।।

गीतार्थ : जैसा कि श्लोक १७ में बताया है- काल को तत्त्व से जाननेवाले यह जानते हैं कि कैसे संपूर्ण सृष्टि का सृजन तथा विनाश होता है। ब्रह्मा के दिन के प्रवेशकाल में ब्रह्मा के सूक्ष्म शरीर से उत्पन्न होनेवाली सृष्टि, ब्रह्मा की रात्री के प्रवेशकाल में उसके सूक्ष्म शरीर में ही लीन हो जाती है। और अंत में सारा संसार ब्रह्मा सहित परम चेतना में विलीन हो जाता है। इस तरह ईश्वर की लीला अबाधित रूप से चलती रहती है।

अध्याय ८ : १८-१९

इससे आपको समझ आया होगा कि ब्रह्मा के एक दिन में इंसान के कितने करोड़ों दिन और रात समाए होते हैं। इस दरमियान वह कितने ही वस्त्र या शरीर बदलता है, उसका कोई हिसाब नहीं। जीवन अपने स्वचलित नियमों के अंतर्गत बहता रहता है। अंत में ब्रह्मा का जीवन यानी सृष्टि चक्र की अवधि भी समाप्त हो जाती है और वह अपने मूल बीज में जाकर उसी प्रकार समा जाता है, जिस प्रकार एक वृक्ष अंत में बीज में ही समा जाता है। वृक्ष और बीज के जीवन से हम संपूर्ण सृष्टि के निर्माण और संहार के चक्र को समझ सकते हैं।

कृष्ण भगवान का अर्जुन को ये सब बताने का तात्पर्य है कि इंसान इस विराट प्रकृति का कितना छोटा हिस्सा है। ब्रह्मा के इस अद्भुत खेल की मात्र एक छोटी कठपुतली है वह। उसकी सारी गतिविधियों का धागा ब्रह्मा के दिन के नियंत्रण में है। जबकि वह बेवजह ही दुविधा में फँसा रहता है कि मैं यह करूँ या ना करूँ!! ब्रह्म ने परोसा, ईश्वर पर भरोसा। इसका अर्थ है तुम्हें जीवन में जो भी कर्तव्य कर्म मिले हैं, वे ईश्वरीय इच्छा से मिले हैं। इस बात पर भरोसा कर इंसान को कर्तव्यों का निर्वाह करना चाहिए।

श्लोक १९ के कथन अनुसार वास्तव में पृथ्वी पर के दिन और रात ब्रह्मा के दिन और रात की ही एक छोटी प्रतिकृति हैं। यदि हम अपने भीतर के ब्रह्म तत्व को समझ जाएँ तो इस ब्रह्मा द्वारा रचित सृष्टि का राज़ भी खुल सकता है। तो क्यों न अपने भीतर से ही खोज की शुरुआत की जाए। इंसान जब सुबह सोकर उठता है तो सारा संसार प्रकट हो जाता है। उसका किरदार, किरदार से जुड़े लोग, घर, ऑफिस, उसकी वृत्तियाँ, कामनाएँ, इच्छाएँ सब कुछ सजीव हो उठती हैं। अधिभूत प्रकट हो जाता है और रात नींद में जाते ही उसका सारा संसार अप्रकट रूप ले लेता है।

यहाँ भूत समुदाय से तात्पर्य व्यक्ति की आदतें, इच्छाएँ एवं संस्कार से है। एक बच्चा जब बड़ा होता है तो उसकी आदतें, इच्छाएँ उसके

अध्याय ८ : १८-१९

जीवन को आकार देती हैं। ये इच्छाएँ व संस्कार धीरे-धीरे इतने दृढ़ हो जाते हैं कि इंसान उन्हीं के इर्द-गिर्द घूमता रहता है। फलतः वह अपने को भूतकाल की यादों, विचारों, अनुभवों से अलग नहीं कर पाता। रात नींद में ये सारी बातें विलीन हो जाती हैं। लेकिन सुबह होते ही बीते कल की सोच फिर प्रकट हो जाती है। इस तरह इंसान की सोच का ढाँचा प्रकृति के वश होकर पुनः पुनः उत्पन्न होने की प्रवृत्ति रखता है। इंसान का आज, उसके कितने ही बीते दिनों की सोच, जीवनशैली, कर्मों और संस्कारों का परिणाम है। कल डाला गया बीज आज पौधा बनता है और भविष्य में वृक्ष बन जाता है। आम की गुठली से आम का और जाम की गुठली से जाम का वृक्ष ही तैयार होता है। इसे ही प्रकृति के वश में होना कहते हैं। यह सारा खेल एक स्थिर पृष्ठभूमि पर चलता है। जिसे हम आगे के श्लोक में जानेंगे।

अध्याय ८ : १८-१९

● मनन प्रश्न :

१. क्या आपने अपने दिन और रात के रहस्य पर मनन किया है? आँख खुलते ही सारा संसार कहाँ से प्रकट हो जाता है? और रात नींद में सारा संसार कहाँ गायब हो जाता है?

२. जो प्रकट होता है और गायब हो जाता है, वह क्या है? किस पार्श्वभूमि पर यह सब घट रहा है?

अध्याय ८

भाग ५

परमगति-परम धाम-परम भक्ति

।। २०-२२ ।।

अध्याय ८

परस्तस्मात्तु भावोऽन्योऽव्यक्तोऽव्यक्तात्सनातनः। यः स सर्वेषु भूतेषु नश्यत्सु न विनश्यति ।।२० ।।

अव्यक्तोऽक्षर इत्युक्तस्तमाहुः परमां गतिम् । यं प्राप्य न निवर्तन्ते तद्धाम परमं मम ।।२१ ।।

पुरुषः स परः पार्थ भक्त्या लभ्यस्त्वनन्यया । यस्यान्तः स्थानि भूतानि येन सर्वमिदं ततम् ।।२२ ।।

|| अध्याय ८, श्लोक अनुवाद और गीतार्थ ||

20

श्लोक अनुवाद : परंतु उस अव्यक्त से (भी अति) परे दूसरा अर्थात् विलक्षण जो सनातन अव्यक्त भाव है; वह परम दिव्य पुरुष सब भूतों के नष्ट होने पर (भी) नष्ट नहीं होता।।२०।।

गीतार्थ : इस श्लोक में श्रीकृष्ण उस परम अव्यक्त प्रकृति के बारे में बताते हुए कहते हैं कि व्यक्त तथा अव्यक्त जगत से परे एक अन्य अव्यक्त प्रकृति है, जो दिव्य और शाश्वत है। इसका कभी नाश नहीं होता। जब संसार का सब कुछ लय (विनाश) हो जाता है तब भी यह नष्ट नहीं होती। यह उस भौतिक प्रकृति के सभी परिवर्तनों से परे है, जो सृष्टि के सृजन के समय व्यक्त और संहार के समय नष्ट होती रहती है। वर्षा ऋतु में खेतों में हरी-हरी फसल लहलहा उठती है और गरमी के मौसम में वह सूख जाती है। लेकिन दोनों मौसम में धरती एक सी रहती है, अपने सीने पर परिवर्तनों को झेलते हुए।

जिस प्रकार लिखे हुए अक्षर पोछ दिए जाएँ तो भी उनके अर्थ का नाश नहीं होता, उसी प्रकार साकार वस्तु के अंत हो जाने पर भी जो सदा अमर रहता है, वही सनातन अव्यक्त भाव है।

आप लैपटॉप पर अलग-अलग गेम खेलते हैं, यू-ट्युब पर विडियोज् देखते हैं, कभी फिल्म देखते हैं या किसी प्रेजेन्टेशन के लिए पावर पॉइंट तैयार करते हैं। ये सारे प्रोग्रामस् लॅपटॉप की स्क्रीन पर ही देखे या तैयार किए जाते हैं। प्रोग्रामस् अलग-अलग हैं लेकिन स्क्रीन कॉमन फॅक्टर है। सारे प्रोग्राम बंद करने के बाद भी स्क्रीन वैसी की वैसी रहती है- शुभ्र, बेदाग, निर्लिप्त, रंगहीन। विडियोज में दिखनेवाले हरे, पीले, लाल, नीले रंगों तथा आकारों से अछूती। इसी प्रकार इस परिवर्तनशील जगत के परिवर्तन घटने के लिए एक अचल, शुभ्र स्क्रीन (पृष्ठभूमि) की ज़रूरत है। कल्पना करें कि परम चैतन्य वह स्क्रीन है, जिस

अध्याय ८ : २१

पर जगत की फिल्म का विडियो प्ले हो रहा है। इंद्रिय, मन, बुद्धि के द्वारा विडियो तो देखा जा सकता है पर स्क्रीन नहीं। यही दिव्य अव्यक्त है। यही इस जगत का अधिष्ठान, सच्चा आधार है।

21

श्लोक अनुवाद : और जो- अव्यक्त 'अक्षर' इस नाम से कहा गया है, उसी अक्षर नामक अव्यक्त भाव को परमगति कहते हैं (तथा) जिस सनातन अव्यक्त भाव को प्राप्त होकर (मनुष्य) वापस नहीं आते, वह मेरा परम धाम है।।२१।।

गीतार्थ : श्लोक २० में जिसे सनातन अव्यक्त भाव कहा गया है, जो अविनाशी है, उसका यहाँ 'अक्षर' शब्द से वर्णन किया गया है। इस अध्याय के आरंभ में कहा गया था कि अक्षर तत्त्व परमब्रह्म है, जो समस्त विश्व का आधार है। यह अविनाशी चैतन्य ही अव्यक्त प्रकृति को सजीव करता है। सृष्टि की सुंदरता, हरियाली, पशु-पक्षी, उनकी बोलियाँ, मनुष्य के कलागुण, नाना तरह के आविष्कार, विज्ञान, वास्तुकला सब उस अक्षर ब्रह्म की रचना है। वस्तुतः वह स्वयं ही सारा विश्व है। विश्व के नष्ट हो जाने पर भी उसका नाश नहीं होता। इसलिए इसे अक्षर कहते हैं। यह अक्षर तत्त्व ही मनुष्य के लिए प्राप्त करने योग्य परम लक्ष्य है।

इसके आगे कोई मार्ग न रह जाने के कारण इसे परमगति कहते हैं। यह अवस्था प्राप्त हो जाने पर फिर कोई परिवर्तनशील अवस्था में वापस नहीं आता। जैसे संगीत की साधना करनेवाला गायक एक लंबे समय तक अभ्यास करने के बाद एक ऐसे स्तर पर जा पहुँचता है, जहाँ से वह कभी भी बेसुरा नहीं हो सकता। सूर्य के सामने आते ही जिस प्रकार अंधकार भी प्रकाश में परिवर्तित हो जाता है या पारस के स्पर्श से एक बार लोहे

अध्याय ८ : २१

से सोना बन जाने पर फिर लाख उपाय करने के बावजूद वह पुनः लोहे में नहीं बदलता या एक बार दूध से घी बन जाने पर फिर उससे कभी दूध नहीं बनाया जा सकता, उसी प्रकार जहाँ पहुँचकर अहंकार, शुद्ध चैतन्य बन जाता है, पुनरावर्ती नहीं रह जाता, वही श्रीकृष्ण का परमधाम है। परमगति को प्राप्त मनुष्य की कभी भी अधोगति नहीं होती क्योंकि वह पतन और उत्थान के पार परम अवस्था को प्राप्त है।

यदि इंसान होश के साथ स्वयं पर नज़र रखे तो उसे एहसास होगा कि कैसे उसके कर्म का हर कदम उसकी इच्छा से संचालित होता है। इस तरह वह बार-बार इच्छा व उसकी पूर्ति के चक्र में घूमता रहता है। उसे यह ध्यान में नहीं आता कि किस पृष्ठभूमि पर यह सब चल रहा है, किसकी उपस्थिति में यह सब घट रहा है?

छत पर लगा हुआ पंखा तभी घूम पाता है, जब छत पर एक जगह उसे फिक्स किया जाता है। हर घूमती हुई चीज़ कहीं न कहीं एक स्थिर आधार से जुड़ी होती है। मनुष्य जीवन में इस स्थिरता का एहसास ही परमगति है।

स्वप्न से जागने पर ही पता चलता है कि जो चल रहा था वह स्वप्न था, झूठ था। इसी तरह एक बार जाग्रत अवस्था में आने के बाद, स्वप्न के सुख और दुःख के प्रभाव से मनुष्य हमेशा के लिए मुक्त हो जाता है। श्लोक में अक्षर ब्रह्म को सांकेतिक शैली में श्रीकृष्ण के निवास स्थान के रूप में वर्णित किया है। यहाँ धाम शब्द से किसी स्थान विशेष से तात्पर्य नहीं बल्कि उनके स्वरूप से है। अतः श्रीकृष्ण के स्वरूप को प्राप्त होना ही इंसान का परम लक्ष्य है।

अध्याय ८ : २२

22

श्लोक अनुवाद : हे पार्थ! जिस परमात्मा के अंतर्गत सर्वभूत है (और) जिस सच्चिदानन्दघन परमात्मा से यह समस्त जगत परिपूर्ण[१] है वह सनातन अव्यक्त परम पुरुष तो अनन्य[२] भक्ति से ही प्राप्त होने योग्य है।।२२।।

गीतार्थ : प्रस्तुत श्लोक में श्रीकृष्ण पहले परमात्मा के स्वरूप, गुणों का वर्णन करते हैं और फिर उस मार्ग को समझाते हैं, जिसके द्वारा परमात्मा को प्राप्त किया जा सके।

श्रीकृष्ण कहते हैं- परमात्मा के भीतर सर्वभूत समाए हैं अर्थात संपूर्ण नश्वर प्रकृति समायी हुई है। यह संपूर्ण जगत परमात्मा से व्याप्त है। जैसे एक कुम्हार मिट्टी के घट बनाता है। सभी घटों के आकार, रूप, रंग अलग होते हुए भी उन सबमें एक ही मिट्टी व्याप्त होती है। मिट्टी ही उनका मूल स्वरूप है। एक बुनकर धागे से तरह-तरह के सुंदर वस्त्र बुनता है। उन सभी वस्त्रों का आधार कपास है। इसके बिना वस्त्र बुनना असंभव है।

इसी तरह शुद्ध चैतन्य वासनाओं, कामनाओं के विविध साँचों में ढलकर अनेक नाम, रूप, आकार को प्राप्त होता है। यूँ कहें कि इस एक शुद्ध चैतन्य से यह सारी सृष्टि प्रकट होती है। आँखों को सुख देनेवाले रमणीय स्थल, सुंदर, बुद्धिमान, सफल व्यक्तित्व, अनेक कलाओं में पारंगत कलाकार, उत्कृष्ट वास्तु शिल्प, नित नए आधुनिक गॅजेट्स्, कारों

---

१. मुझ निराकार परमात्मा से यह सब जगत् जल से बर्फ के सदृश परिपूर्ण है और सब भूत मेरे अंतर्गत संकल्प के आधार स्थित हैं, किंतु वास्तव में मैं उनमें स्थित नहीं हूँ।

२. हे अर्जुन! जो पुरुष केवल मेरे ही लिए सम्पूर्ण कर्तव्य कर्मों को करनेवाला है, मेरे परायण है, मेरा भक्त है, आसक्तिरहित है और सम्पूर्ण भूतप्राणियों में वैरभाव से रहित है, वह अनन्य भक्ति युक्त पुरुष मुझको ही प्राप्त होता है।

अध्याय ८ : २२

के नए-नए मॉडल्स् को देखकर लोग उनकी ओर आकर्षित होते हैं। उनकी कामना करते हैं, उन्हें प्राप्त करने के लिए अच्छा-बुरा हर तरीका अपनाते हैं। लेकिन वे उन्हें प्राप्त करें या न करें, हर हालात में दुःख ही पाते हैं। इंसान अज्ञानवश इस माया जगत को सत्य समझकर, भौतिक वस्तुओं को प्राप्त करना ही इस पृथ्वी पर आने का लक्ष्य मान बैठता है और संसार के मिथ्या दुःखों से पीड़ित रहता है।

जो भी अपने आत्मस्वरूप का अनुभव कर लेता है, वह इन सारे आकर्षणों से अलिप्त रहता है। वह समझता है कि सच्चा आनंद इन सुख-सुविधा प्रदान करनेवाले उपकरणों में नहीं बल्कि स्वयं का स्वरूप जानने में है। इस रंगीन सृष्टि का आधार एक ही है- अक्षर चैतन्य।

आगे श्रीकृष्ण कहते हैं कि इस अक्षर चैतन्य परमात्मा को प्राप्त करने का मार्ग है- अनन्य भक्ति। यह तभी पूर्ण हो सकती है, जब साधक स्वयं को शरीर, मन और बुद्धि से परे रखना सीख लेता है। वरना एक कच्चा साधक शरीर की पीड़ाओं, मन में उठनेवाले नकारात्मक विचारों, मन के विकारों, माया के आकर्षण के अधीन होकर उनमें लीन हो जाता है। सत्य के प्रति अगाध प्रेम ही माया से वैराग्य दिलाता है। गहरी प्यास से प्रेरित होकर आत्म तत्व की खोज करने के बाद खोजी को यह दृढ़ता मिलती है कि 'मैं ही वह चैतन्य हूँ'। यही अनन्य भक्ति है। हालाँकि स्व की खोज और अनुभव साधक अपने हृदय में करता है लेकिन उसे अनुभव है कि यह परम चेतना संपूर्ण विश्व का अधिष्ठान है।

अध्याय ८ : २२

● मनन प्रश्न :

१. हर घूमती हुई चीज़ के पीछे एक स्थिर, अचल आधार होता है। आपके मन के पीछे क्या है? मनन हो कि ऐसी कौन सी अचल, अकंप, सुस्थिर अवस्था है, जिसके आधार पर मन चलायमान है?

अध्याय ८

भाग ६
दो मार्गों का ज्ञान-
देवयान-पितृयान
|| २३-२६ ||

अध्याय ८

यत्र काले त्वनावत्तिमावृत्तिं चैव योगिनः। प्रयाता यान्ति तं कालं वक्ष्यामि भरतर्षभ ।।२३।।

अग्निर्ज्योतिरहः शुक्लः षण्मासा उत्तरायणम्। तत्र प्रयाता गच्छन्ति ब्रह्म ब्रह्मविदो जनाः ।।२४।।

धूमो रात्रिस्तथा कृष्ण षण्मासा दक्षिणायनम्। तत्र चान्द्रमसं ज्योतिर्योगी प्राप्य निवर्तते ।।२५।।

शुक्ल कृष्णे गती ह्येते जगतः शाश्वते मते । एकया यात्यनावृत्ति मन्ययावर्तते पुनः।।२६।।

|| अध्याय ८, श्लोक अनुवाद और गीतार्थ ||

23

श्लोक अनुवाद : हे अर्जुन! जिस काल में[1] शरीर त्यागकर गए हुए योगीजन तो वापस न लौटनेवाली गति को और (जिस काल में गए हुए) वापस लौटनेवाली गति को ही प्राप्त होते हैं, उस काल को अर्थात् दोनों मार्गों को कहूँगा।।२३।।

गीतार्थ : श्रीकृष्ण भगवान अर्जुन से कहते हैं– हे भरतश्रेष्ठ! इस पृथ्वी पर जब मनुष्य शरीर त्यागता है तब दो परिणामों की संभावना होती है। एक तो उसे वापस पृथ्वी जन्म लेना होगा या फिर उसे सद्गति (पृथ्वी पर वापस आने की ज़रूरत न होना) प्राप्त होगी। भौतिक संपदा और लौकिक उन्नति को लक्ष्य रखकर जीवन जीनेवाला मनुष्य जब शरीर त्यागता है तो उसे वापस पृथ्वी पर आना पड़ता है, जिसे आवृत्ति कहा गया है। लेकिन जो आत्मस्वरूप का ज्ञान प्राप्त करता है और उस अनुभूति में देह त्यागता है, उसे फिर से पृथ्वी पर वापस नहीं आना पड़ता, इसे अनावृत्ति कहा गया है। इन दोनों मार्गों को भगवान श्रीकृष्ण आगे के श्लोकों में विस्तार से समझा रहे हैं।

24

श्लोक अनुवाद : उन दो प्रकार के मार्गों में से जिस मार्ग में– ज्योतिर्मय अग्नि-अभिमानी देवता है, दिन का अभिमानी देवता है, शुक्ल पक्ष का अभिमानी देवता है (और) उत्तरायण के छः महीनों का अभिमानी देवता है, उस मार्ग में मरकर गए हुए ब्रह्मवेत्ता[2] योगीजन (उपयुक्त देवताओं द्वारा क्रम से ले जाए जाकर) ब्रह्म को प्राप्त होते हैं।।२४।।

---

१. यहाँ 'काल' शब्द से मार्ग समझना चाहिए क्योंकि आगे के श्लोकों में भगवान ने इसका नाम 'स्तुति', 'गति' ऐसा कहा है।

२. अर्थात् परमेश्वर की उपासना से परमेश्वर को परोक्ष भाव से जाननेवाले।

अध्याय ८ : २४

गीतार्थ : पिछले श्लोक में बताए दो मार्गों में से एक मार्ग को समझाते हुए श्रीकृष्ण भगवान कहते हैं कि कुछ ऐसे उचित अवसर होते हैं, जिस वक्त शरीर छोड़ने से मनुष्य परम गति को प्राप्त होता है, वापस नहीं आता। अग्नि ज्योति के प्रभाव में, दिन के समय में, शुक्ल पक्ष में और उत्तरायण के काल में किया गया देह त्याग सद्गति को प्राप्त होता है। आइए, एक-एक करके इनका अर्थ समझते हैं।

अग्नि ज्योति, दिन का समय ये शब्द ज्ञान के उजाले की ओर इशारा करते हैं, जो साधक की समझ को दर्शाते हैं। जहाँ स्पष्ट है कि 'मैं यह शरीर नहीं हूँ... शरीर से परे चैतन्य हूँ... शरीर की मृत्यु यानी मेरी मृत्यु नहीं है... मेरी यात्रा तो आगे भी जारी है... आगे की यात्रा में मुझे उच्च स्तरों पर जाना है...' वहाँ मृत्यु के समय कोई दुविधा नहीं होती। बस ऊपरी आवरण के जाने का अनुभव होता है।

अमावस्या के बाद के वे पंद्रह दिन जब चाँद धीरे-धीरे आकार में बड़ा होता जाता है और पूर्णिमा को प्राप्त होता है, शुक्ल पक्ष के नाम से जाना जाते हैं। चंद्रमा का आकार बढ़ना शुभ लक्षण का प्रतीक है। यह प्रकाश और ज्ञान की ओर इशारा करता है। शुक्ल पक्ष यानी तेजब्रह्म अवस्था... तेजोमय अवस्था...। विद्या के प्रकाश में जहाँ अविद्या का नाश होता है। जो इस अवस्था में शरीर का त्याग करता है, वह कृष्ण के परम धाम को प्राप्त होता है।

उत्तरायण सूर्य की एक दशा है, जब सूर्य उत्तर में गमन करता है। शास्त्रों और धर्म के अनुसार उत्तरायण का समय देवताओं का 'दिन' माना गया है। और जैसा कि पहले बताया जा चुका है कि दिन प्रकाश का, ज्ञान का प्रतीक है, अतः उत्तरायण में मृत्यु होना अनावर्ती (बहुत कम बार) होता है। उत्तरायण में दिन लंबे और रातें छोटी होती हैं। प्राचीन मान्यताओं में उत्तरायण की पहचान यह है कि इस समय आसमान साफ अर्थात बादलों से रहित होता है। यानी इस समय में ज्ञान की स्पष्टता प्रखर होती

अध्याय ८ : २४

है, मन पर से अज्ञान का परदा हटा रहता है। ये सारे लक्षण शुभ हैं और मृत्यु के लिए उचित प्लेटफ़ॉर्म बनाते हैं।

देह त्याग करते समय का शुभ काल दरअसल आंतरिक अवस्था की बात है। अतः इसे समझाने के लिए बाहर के शब्द दिए हैं। मगर कुछ समय पश्चात् ये शब्द अपना अर्थ खो देते हैं। लोग उसके ऊपरी-ऊपरी अर्थ को पकड़कर कहते हैं, 'इंसान की मृत्यु अमृत वेला में, ऐसे शुभ मुहुर्त पर, शुक्ल पक्ष में, उत्तरायण में हो तो ही उसे सद्गति मिलेगी।' लोग बाहर की व्यवस्था जुटाने में ही लगे रहते हैं। उसको इतना महत्त्व दे रखा है कि असली बात ही भूल गए हैं। यदि किसी इंसान ने मन की शुद्धता पर कुछ कार्य ही न किया हो, ध्यान का अभ्यास न किया हो, अपनी क्रियाएँ ईश्वर को समर्पित न की हों, अपने होने के एहसास में डुबकी न लगायी हो तो इन सारे बाहरी शुभ मुहूर्तों को साधकर भी वह रिटर्न टिकट ही निकालेगा। अर्थात उसे वापस पृथ्वी पर आना होगा।

उत्तरायण का अर्थ है अंतर्मुखी होना। मृत्यु के समय यदि साधक अंतर्मुखी हो तो ही उसे सद्गति प्राप्त हो सकती है। इस बात का ज्ञान तभी होगा जब इंसान अंतिम क्षणों में मन को बाहर की बातों से हटाएगा। वह समझ जाएगा कि बाहर जो चल रहा है, उसकी चिंता नहीं करनी है। चिंता तो पहले भी नहीं करनी चाहिए थी पर बहुत कर ली। अब तो कम से कम अंतर्मुखी होकर प्रार्थना करनी है।

जैसे हम किसी के घर मेहमान बनकर जाते हैं तो वापसी में उनकी मेहमान नवाज़ी के लिए उन्हें धन्यवाद देते हैं, उसी तरह अंत समय में इस पृथ्वी का धन्यवाद करें, जिसके आप मेहमान बनकर आए थे। इस मेहमान नवाज़ी में आपको जो शुभचिंतक मिले उन्हें धन्यवाद दें और जो अशुभचिंतक मिले, उन्होंने आपको प्रतिरोध का सामना करने का धीरज दिया इसके लिए उन्हें भी धन्यवाद दें। जीवन में जिनके साथ भी आपका मन-मुटाव हुआ है, उनसे क्षमा माँगें तथा जिन्होंने आपसे बुरा सलूक

किया है, उन्हें क्षमा करें। निर्जीव वस्तुओं को भी, जो आपके संपर्क में आयी हैं, धन्यवाद दें तथा उनसे क्षमा माँगें। यदि सारा जीवन आपको यह आदत है तो ही अंत समय में अंतर्मुखी होकर आप यह कर पाएँगे। तब ही आपको नॉनरिटर्न टिकट मिलेगी।

25

श्लोक अनुवाद : तथा जिस मार्ग में– धूमाभिमानी देवता है, रात्रि-अभिमानी देवता है तथा कृष्ण पक्ष का अभिमानी देवता है (और) दक्षिणायन के छः महीनों का अभिमानी देवता है, उस मार्ग में (मरकर गया हुआ) सकाम कर्म करनेवाला योगी (उपयुक्त देवताओं द्वारा क्रम से ले गया हुआ) चंद्रमा की ज्योति को प्राप्त होकर (स्वर्ग में अपने शुभ कर्मों का फल भोगकर) वापस आता है।।२५।।

गीतार्थ : दूसरे मार्ग को समझाते हुए श्रीकृष्ण भगवान कहते हैं कि यह मार्ग धूम्र मार्ग है। रात्रि के समय, कृष्णपक्ष में, सूर्य की दक्षिणायन स्थिति में जो देह त्यागता है, वह चंद्रलोक में जाता है। चंद्रमा जड़ पदार्थ का प्रतीक है तथा यह उपभोगों का अधिष्ठाता (मुखिया) है। इसे प्रचलित भाषा में स्वर्ग कहते हैं। वहाँ एक लंबे अरसे तक रहने के बाद उन्हें अपनी वासनाओं के अनुसार उचित शरीर को धारण करने के लिए पुनः संसार में आना पड़ता है।

आइए, इन सारे शब्दों को सरल भाषा में समझते हैं। रात्रि का समय अँधेरे का प्रतीक है। अर्थात जहाँ ज्ञान का अँधेरा छाया है। इंसान जहाँ स्वयं को शरीर मानकर जीता है और मृत्यु समयी भी 'मेरी मृत्यु हो रही है' के भाव में रहता है। जीवनभर सकाम कर्म में उलझे रहने के कारण फल प्राप्ति में ही अटका रहता है। जो सृष्टि की स्वचलित-स्वघटित व्यवस्था को नहीं पहचानता और हर घटना में 'क्यों और कैसे' (संशय) में ही फँसा रहता है। ऐसा इंसान देह त्याग के समय भी 'मेरे साथ ऐसा

क्यों' कि भावना में भ्रमित मनस्थिति में रहता है।

पूर्णिमा के बाद के वे पंद्रह दिन जब चाँद धीरे-धीरे आकार में छोटा होता जाता है और अमावस्या को प्राप्त होता है, कृष्ण पक्ष के नाम से जाने जाते हैं। चंद्रमा का आकार छोटा होना अँधेरे और अज्ञान का प्रतीक है, जहाँ से सब धुँधला दिखायी देता है। ऐसे में किसी भी घटना को जैसी है, वैसी न देखते हुए इंसान उसे अपनी मान्यता के चश्मे से देखता है। उसकी सोच, उसके विचार स्वयं को शरीर मानते हुए, एक अलग व्यक्तित्व जानते हुए ही किए जाते हैं। जिसका सारा पृथ्वी जीवन 'मैं और मेरा' के इर्द-गिर्द घूमता है, मृत्यु समय में उसके विचार कैसे चलेंगे? इसे ही धुँध कहते हैं, यही अज्ञान है, अविद्या है। ऐसी अवस्था में जो भी देह त्यागता है, वह परम धाम को प्राप्त नहीं होता। पुण्य कर्म भुगतकर वह वापस मृत्यु लोक में आ जाता है।

सूर्य की दक्षिणायन स्थिति अर्थात सूर्य जब दक्षिण की ओर गति करता है। शास्त्रों के अनुसार दक्षिणायन देवताओं की रात्रि होती है। दक्षिणायन में रातें लंबी व दिन छोटे होते हैं। दक्षिणायन में आकाश बादलों से घिरा रहता है। ये सारी बातें यही इशारा करती हैं कि सेल्फ अज्ञान से ढँका है। उत्तरायण का अर्थ है अंतर्मुखी, वहीं दक्षिणायन का अर्थ है बहिर्मुखी। मृत्यु समयी यदि इंसान बहिर्मुखी होगा तो वह कभी भी सद्गति को प्राप्त नहीं होगा। एक बहिर्मुखी इंसान के मन में मृत्यु के समय भी हिसाब-किताब... लेन-देन... कौन मुझे देखने आया है... दुकान पर कौन बैठा है... संपत्ति का बँटवारा... नफा-नुकसान... अस्पताल का बिल... प्रॉविडेन्ट फन्ड आदि बातें चलती हैं। वह केवल व्यक्ति की पूर्णता में लगा होता है। वह नहीं जानता कि ये सब पार्टटू अर्थात सूक्ष्म जगत में काम नहीं आएँगे। वहाँ तो बस प्रेम, आनंद, मौन की अमीरी काम में आती है। एक बहिर्मुखी इंसान निश्चित ही रिटर्न टिकट लेकर जाएगा। उसकी मृत्यु पुनरावर्ती होगी।

अध्याय ८ : २६

संक्षेप में सद्गति की प्राप्ति के लिए प्रयत्नशील साधक परम लक्ष्य को प्राप्त होता है और भोग की कामना करनेवाला (स्मृतियाँ) पुनः शरीर को धारण करता है। जहाँ वह चाहे तो अपनी चेतना को ऊपर उठा सकता है या गिरा सकता है।

26

श्लोक अनुवाद : क्योंकि जगत् के ये दो प्रकार के– शुक्ल और कृष्ण अर्थात देवयान और पितृयान मार्ग सनातन माने गए हैं (इनमें) एक के द्वारा (गया हुआ[१]) जिससे वापस नहीं लौटना पड़ता, उस परमगति को प्राप्त होता है (और) दूसरे के द्वारा (गया हुआ[२]) फिर वापस आता है अर्थात् जन्म–मृत्यु को प्राप्त होता है।।२६।।

गीतार्थ : प्रस्तुत श्लोक में अब तक बताए दो मार्गों को अलग नाम दिया है–पहला है– देवयान और दूसरा है– पितृयान। अपुनरावृत्ति (नॉन रिटर्न टिकट) के मार्ग को देवयान कहते हैं और पुनरावृत्ति (रिटर्न टिकट) के मार्ग को पितृयान कहते हैं। पहला मार्ग साधक को सर्वोच्च स्तर पर पहुँचाता है, जबकि दूसरा मार्ग पतन की ओर ले जाता है। इन दो मार्गों को क्रमशः मोक्ष का मार्ग और संसार का मार्ग माना जा सकता है।

पृथ्वी जीवन जीने के दो मार्ग हैं। भौतिक और आध्यात्मिक। भौतिक मार्ग का उद्देश्य है– विषय उपभोगों द्वारा शरीर की इंद्रियों और मन को संतुष्ट करना। इस मार्ग पर चलनेवालों का इससे बढ़कर और कोई आदर्श नहीं होता। वहाँ अहंकार का बार–बार जन्म होता है। अध्यात्म मार्ग पर चलनेवाले अपने सामने आए हुए आकर्षक विषयों को देखकर मोहित नहीं होते। उनकी बुद्धि उर्ध्वगामी होती है, जो उच्चतम लक्ष्य की

---

१. अर्थात् इसी अध्याय के श्लोक २४ के अनुसार अर्चिमार्ग से गया हुआ योगी।

२. अर्थात् इसी अध्याय के श्लोक २५ के अनुसार धूममार्ग से गया हुआ सकाम कर्मयोगी।

अध्याय ८ : २६

खोज में रमती है। यहाँ साधना से अहंकार धीरे-धीरे गिरता जाता है और पूर्ण योगी की अवस्था में यह फिर जन्म नहीं लेता। श्रीकृष्ण कहते हैं ये दोनों ही मार्ग सनातन हैं और इन पर चलनेवाले दो भिन्न प्रकृतियों के लोग रहे हैं।

संक्षेप में कह सकते हैं कि संसार से जाने के दो मार्ग हैं– एक प्रकाश का और दूसरा अंधकार का। जब मनुष्य प्रकाश मार्ग से जाता है तो वह वापस नहीं आता किंतु अंधकार के मार्ग से जानेवाला पुनः लौटकर आता है।

आगे श्रीकृष्ण अर्जुन से बड़ी महत्वपूर्ण बात कहते हैं, 'इनमें से पहला मार्ग सरल व सीधा है और दूसरा टेढ़ा-मेढ़ा। अतः तुम सुमार्ग और कुमार्ग को देख लो, अच्छे-बुरे का निर्णय कर लो, तब अपना रास्ता चुनो। देखो, किसी को खूब चलता हुआ, बढ़िया रास्ता मालूम हो तो क्या वह जंगल के टेढ़े-मेढ़े, पथरीले रास्ते पर पैर रखेगा? नहीं न! जो अच्छे-बुरे की परख कर लेता है, उसके सामने कठिन प्रसंग आने पर भी वह सही चुनाव कर पाता है। वरना देह त्याग के समय दो मार्गों में उलझन होने के कारण कई बार गलत रास्ता चुन लिया जाता है। यदि अंत समय में इंसान प्रकाश मार्ग को छोड़ धुँध का मार्ग चुन ले तो उसे फिर जन्म-मरण के बंधन में बँधना पड़ता है। अतः मैं तुम्हें पहले ही आगाह कर रहा हूँ ताकि तुम सही मार्ग चुन सको। यह तो कृपा है कि तुम्हें ये सब बातें सुनने को मिल रही हैं वरना जिसको जो मार्ग दैवयोग से प्राप्त हो जाए, वही उसका मार्ग होता है।'

यहाँ एक बात ध्यान देने योग्य है कि श्रीकृष्ण के जवाब सामनेवाले की अवस्थानुसार बदलते हैं। जब सामनेवाला स्वयं को शरीर मानकर चल रहा है तो दैवयोग ऐसे शब्द आते हैं वरना जो शरीर के रहते ही शरीर से अलग है, उसके लिए किसी योग की आवश्यकता नहीं। उसका योग तो पहले ही परम चेतना के साथ हो चुका है।

अध्याय ८ : २६

● मनन प्रश्न :

१. क्या अपने ऊपर हुई कृपाओं के लिए धन्यवाद देना, अपनी गलतियों के लिए क्षमा माँगना या किसी को क्षमा करना आपकी आदत में शामिल हुआ है? अंत समय में काम में आनेवाली इन आदतों का संवर्धन करने पर मनन करें।

२. आप पृथ्वी पर रहते हुए किस मार्ग से जीना चाहते हैं? प्रकाश मार्ग (ज्ञान मार्ग) या अंधकार मार्ग (अज्ञान मार्ग)? क्या आप स्वयं को योग्य चुनाव के काबिल पा रहे हैं?

अध्याय ८

भाग ७
योगी पुरुष का मार्ग
॥ २७-२८ ॥

अध्याय ८

नैते सृती पार्थ जानन्योगी मुह्यति कश्चन । तस्मात्सर्वेषु कालेषु योगयुक्तो भवार्जुन ।।२७।।

वेदेषु यज्ञेषु तपःसु चैव दानेषु यत्पुण्यफलं प्रदिष्टम् । अत्येत तत्सर्वमिदं विदित्वा योगी परं स्थानमुपैति चाद्यम् ।।२८।।

|| अध्याय ८, श्लोक अनुवाद और गीतार्थ ||

27

श्लोक अनुवाद : और– हे पार्थ! (इस प्रकार) इन दोनों मार्गों को तत्त्व से जानकर कोई भी योगी मोहित नहीं होता।* इस कारण हे अर्जुन! (तू) सब काल में समबुद्धि रूप से योग से युक्त हो अर्थात् निरंतर मेरी प्राप्ति के लिए साधन करनेवाला हो।।२७।।

गीतार्थ : पिछले श्लोक को पढ़कर यह शंका पैदा हो सकती है कि यदि शरीर त्याग के समय दैवयोग से मार्ग मिलता है तो सही मार्ग चुनकर अक्षर ब्रह्म स्वरूप को प्राप्त करना कैसे संभव है? इसके लिए इंसान को इस बात पर दृढ़ता होनी चाहिए कि देह रहे या न रहे 'मैं ब्रह्म स्वरूप हूँ।' अँधेरे में रस्सी को देखकर साँप का आभास होता है, इसका मूल कारण रस्सी ही है। इसी तरह जिस शरीर की मृत्यु को लेकर इंसान डरा सा रहता है, वह मृत्यु तो भ्रम है ही, रस्सी यानी यह शरीर भी भ्रम है। मृत्यु के भय का मुख्य कारण अपने सच्चे स्वरूप को भूलकर खुद को शरीर मान लेना।

इस श्लोक में श्रीकृष्ण अर्जुन को उपदेश देते हुए कहते हैं, जो योगी इन दोनों मार्गों को तत्त्व से जानते हैं, वे कभी मोहित नहीं होते।

एक है कि आप किसी बात को शब्दों में समझते हैं। फिर जब आप उसका मनन-मंथन करते हैं तब 'समझ' आपका जीवन बनती है। अर्थात उस बात को आप तत्त्व से जानने लगते हैं। आप कहते हैं, अच्छा यह बताया जा रहा था...। जैसे किसी ने आपको गाली दी और आप क्रोधित हो उठे तो यह क्रोध सबसे पहले आपका ही अहित करता है, मन में किसी के प्रति शिकायत उठी तो आपके भीतर पहले कड़वाहट का असर होता है। अर्थात हम अपना ही नुकसान कर बैठते हैं। शुरू में साधक इसे मानने को तैयार नहीं होता लेकिन जब वह इस तरह की घटनाओं में निरंतर खुद को देखता है तो उसे इस बात की सत्यता का एहसास होता है। वह इस उपदेश को तत्त्व से जानने लगता है। तब

अर्थात् फिर वह निष्काम भाव से ही साधन करता है, कामनाओं में नहीं फँसता।

ज्ञान विज्ञान अक्षर गीता ▪ 121

शिकायत, क्रोध, ईर्ष्या की आदत सहज ही छूट जाती है और 'समझ' आपका जीवन बनती है।

इसी तरह जहाँ असाधारण समर्पण हुआ है, वहाँ इस बात की चिंता नहीं रहती कि वे किस मार्ग से जाएँगे। वे निष्काम भाव से अपने कर्म करते रहते हैं। जहाँ कर्म ही फल होता है, उन्हें और किसी फल की क्या अपेक्षा होगी? ऐसी समबुद्धि रखनेवाले योगी बिना किसी प्रयत्न के अक्षर ब्रह्म को प्राप्त होते हैं। उनके प्रयास प्रयासरहित प्रयास होते हैं।

जो साधक शरीर के रहते ही स्वयं को अशरीरी जान लेते हैं, जहाँ शरीर मात्र एक साधन रह जाता है, वहाँ क्या मरना संभव है? ऐसे लोग वास्तव में कभी मरते ही नहीं। फिर उन्हें मार्ग ढूँढ़ने की क्या आवश्यकता है? वे कहाँ से कहाँ जाएँगे? उनके लिए तो सारा विश्व आत्मस्वरूप है। वे जानते हैं कि घड़े का आकार नष्ट होने के बाद भी उसके भीतर का खाली स्थान (स्पेस) वैसे ही रहता है, जैसा आकार में था। कहने का अर्थ आकार रहे न रहे, खाली स्थान हमेशा बना रहता है।

जो योगी इस बोध से भर जाते हैं, उनके लिए इस बात की उलझन ही नहीं रहती कि कौन सा मार्ग अपनाया जाए? इसलिए श्रीकृष्ण अर्जुन से कहते हैं, तुम हमेशा योगयुक्त रहो। इससे तुम्हें अपने आप ब्रह्म स्वरूप का बोध होगा। वह ब्रह्म स्वरूप न तो विश्व रचना के समय जन्म के बंधन में पड़ता है, न ही प्रलय के समय मरण के बंधन में पड़ता है। न ही स्वर्ग, संसार के मोह में फँसता है। वह हर तरह के आकर्षणों के पार परम मौन में होता है... सिर्फ होता है...।

28

श्लोक अनुवाद : योगी पुरुष इस रहस्य को तत्त्व से जानकर वेदों के पढ़ने में तथा यज्ञ, तप और दानादि के करने में जो पुण्यफल कहा है, उन सबको निःसंदेह उल्लंघन कर जाता है (और) सनातन परम पद को प्राप्त होता है।।२८।।

अध्याय ८ : २८

गीतार्थ : आठवें अध्याय के अंतिम श्लोक में श्रीकृष्ण सीधा सत्य बताते हुए कहते हैं कि जो योगी चेतना को उच्चतम अवस्था में रखकर, इस परम ज्ञान को तत्त्व से जान जाते हैं, वे यज्ञ, तप, दान कर्म से प्राप्त होनेवाले पुण्यफल का भी अतिक्रमण कर जाते हैं। उन्हें बायपास कर देते हैं।

इसे एक उदाहरण से समझें– एक बच्चा है, जो कभी स्कूल गया ही नहीं। स्कूल में क्या पढ़ाया जा रहा है, इसकी जानकारी लेकर वह घर पर रहकर ही पढ़ाई करता रहा। कुछ सालों बाद वह प्रायवेट विद्यार्थी के रूप में एस. एस. सी. (दसवीं) की परीक्षा देता है और उत्तीर्ण भी हो जाता है। वह पहले की कक्षाओं में गया ही नहीं, उसने सीधे दसवीं की परीक्षा दी और पास भी हुआ। अर्थात उसने बीच की सारी कक्षाओं को बायपास कर दिया। उसे कोई यह नहीं पूछ सकता कि तुम्हें सातवीं या आठवीं का गणित आता है या नहीं ? उसने दसवीं की परीक्षा पास की है अर्थात उसने नौवीं तक के सिलैबस का अतिक्रमण कर दिया।

ठीक इसी तरह योगी जब तत्त्व से मनुष्य जन्म, मृत्यु, मृत्यु उपरांत जीवन, पुनरावर्ती व अपुनरावर्ती मार्गों को समझ लेता है तब वह निष्काम कर्म, जप, तप, नामस्मरण सभी को बायपास कर देता है। क्योंकि यह सब जिसकी प्राप्ति के लिए किया जाता है, वह पहले ही आ चुका। एक है कि ईश्वर प्राप्ति के लिए भजन गाए जा रहे हैं और एक है कि ईश्वर प्राप्त हो चुका इसलिए भजन निकल रहे हैं। यहाँ सही-गलत की कोई बात नहीं है। बस, अपनी अवस्था पहचानते हुए आपको कदम उठाना है।

अतः इंसान को अपने साधना काल में श्रवण, पठन, जप, तप, कर्म, यज्ञ अवश्य करना चाहिए। अपने अज्ञान को दूर करने के लिए जिन ग्रंथों का पठन करने की ज़रूरत है, उन्हें पढ़ना चाहिए। ध्यान, प्राणायाम, योगासन द्वारा अपने चित्त को स्थिर करने का प्रयत्न करना चाहिए। जो लोग निरंतरता से इस प्रयत्न में लगे रहते हैं, वे धीरे-धीरे उसके पुण्य फल से साधना में पकते जाते हैं और साधना में परिपक्व होकर एक दिन पूर्णता

अध्याय ८ : २८

से योगयुक्त हो जाते हैं। योगी हो जाने पर वे पाप और पुण्य का अतिक्रमण कर देते हैं। फिर पाप या पुण्य उन्हें छू नहीं पाता। दो का खेल खत्म हो जाता है। सारा संसार उनके लिए लीला बन जाता है। फिर वे संसार में होकर भी नहीं होते और नहीं होकर भी होते हैं।

इस तरह ध्यान की सहायता से योगी की स्थिति प्राप्त करके साधक उच्च चेतना की ओर बढ़ता हुआ अंत में अक्षर परम ब्रह्म स्वरूप को प्राप्त होकर पुनः संसार में नहीं लौटता।

संक्षेप में कहें तो परम पद को प्राप्त नहीं करना है, परम पद हो जाना है तब वहाँ से लौटने की कोई संभावना नहीं होती। जब 'ये मैं हूँ' और 'वो परम पद है' यह भाव होता है तो परम पद हमेशा दूर होता है, साथ ही पुनरावर्ती भी। लेकिन जब 'मैं' हट जाता है तो केवल परम पद ही बच जाता है। फिर पुनरावर्तन (रिटर्न टिकट) के लिए कोई जगह ही नहीं रहती।

● **मनन प्रश्न :**

१. असाधारण समर्पण से आपने क्या समझा है? क्या आप अपने कर्तव्य कर्मों को फल मानते हैं? अर्थात क्या आप बिना फल की इच्छा किए कार्य की प्रक्रिया का आनंद लेते हैं?

● ● ●

यह पुस्तक पढ़ने के बाद आप अपना अभिप्राय (विचार सेवा) इस पते पर भेज सकते हैं ... Tejgyan Global Foundation, Pimpri Colony Post office, P.O. Box 25, Pune - 411 017. Maharashtra (India).

सरश्री – अल्प परिचय

(स्वीकार मुद्रा)

सरश्री की आध्यात्मिक खोज का सफर उनके बचपन से प्रारंभ हो गया था। इस खोज के दौरान उन्होंने अनेक प्रकार की पुस्तकों का अध्ययन किया। इसके साथ ही अपने आध्यात्मिक अनुसंधान के दौरान अनेक ध्यान पद्धतियों का अभ्यास किया। उनकी इसी खोज ने उन्हें कई वैचारिक और शैक्षणिक संस्थानों की ओर बढ़ाया। इसके बावजूद भी वे अंतिम सत्य से दूर रहे।

उन्होंने अपने तत्कालीन अध्यापन कार्य को भी विराम लगाया ताकि वे अपना अधिक से अधिक समय सत्य की खोज में लगा सकें। जीवन का रहस्य समझने के लिए उन्होंने एक लंबी अवधि तक मनन करते हुए अपनी खोज जारी रखी। जिसके अंत में उन्हें आत्मबोध प्राप्त हुआ। **आत्मसाक्षात्कार के बाद उन्होंने जाना कि अध्यात्म का हर मार्ग जिस कड़ी से जुड़ा है वह है– समझ (अंडरस्टैण्डिंग)।**

सरश्री कहते हैं कि 'सत्य के सभी मार्गों की शुरुआत अलग-अलग प्रकार से होती है लेकिन सभी के अंत में एक ही समझ प्राप्त होती है। **'समझ' ही सब कुछ है और यह 'समझ' अपने आपमें पूर्ण है।** आध्यात्मिक ज्ञान प्राप्ति के लिए इस 'समझ' का श्रवण ही पर्याप्त है।'

सरश्री ने ढाई हज़ार से अधिक प्रवचन दिए हैं और सौ से अधिक पुस्तकों की रचना की हैं। ये पुस्तकें दस से अधिक भाषाओं में अनुवादित की जा चुकी हैं और प्रमुख प्रकाशकों द्वारा प्रकाशित की गई हैं, जैसे पेंगुइन बुक्स, जैको बुक्स, मंजुल पब्लिशिंग हाऊस, प्रभात प्रकाशन, राजपाल ऍण्ड सन्स, पेंटागॉन, सकाळ पेपर्स इत्यादि।

तेजज्ञान फाउण्डेशन – परिचय

तेजज्ञान फाउण्डेशन आत्मविकास से आत्मसाक्षात्कार प्राप्त करने का एक रास्ता है। इसके लिए सरश्री द्वारा एक अनूठी बोध पद्धति (System for Wisdom) का सृजन हुआ है। इस पद्धति को अन्तर्राष्ट्रीय मानक ISO 9001:2015 के आवश्यकताओं एवं निर्देशों के अनुरूप ढालकर सरल, व्यावहारिक एवं प्रभावी बनाया गया है।

इस संस्था की बोध पद्धति के विभिन्न पहलुओं (शिक्षण, निरीक्षण व गुणवत्ता) को स्वतंत्र गुणवत्ता परीक्षकों (Quality Auditors) द्वारा क्रमबद्ध तरीके से जाँचा गया। जिसके बाद इन पहलुओं को ISO 9001:2015 के अनुरूप पाकर, इस बोध पद्धति को प्रमाणित किया गया है।

फाउण्डेशन का लक्ष्य आपको नकारात्मक विचार से सकारात्मक विचार की ओर बढ़ाना है। सकारात्मक विचार से शुभ विचार यानी हॅपी थॉट्स (विधायक आनंदपूर्ण विचार) और शुभ विचार से निर्विचार की ओर बढ़ा जा सकता है। निर्विचार से ही आत्मसाक्षात्कार संभव है। शुभ विचार (Happy Thoughts) यानी यह विचार कि 'मैं हर विचार से मुक्त हो जाऊँ।' शुभ इच्छा यानी यह इच्छा कि 'मैं हर इच्छा से मुक्त हो जाऊँ।'

ज्ञान का अर्थ है सामान्य ज्ञान लेकिन तेजज्ञान यानी वह ज्ञान जो ज्ञान व अज्ञान के परे है। कई लोग सामान्य ज्ञान की जानकारी को ही ज्ञान समझ लेते हैं लेकिन असली ज्ञान और जानकारी में बहुत अंतर है। आज लोग सामान्य ज्ञान के जवाबों को ज़्यादा महत्त्व देते हैं। उदाहरण के तौर पर कर्म और भाग्य, योग और प्राणायाम, स्वर्ग और नर्क इत्यादि। आज के युग में सामान्य ज्ञान प्रदान करनेवाले लोग और शिक्षक कई मिल जाएँगे मगर इस ज्ञान को पाकर जीवन में कोई बड़ा परिवर्तन नहीं होता। यह ज्ञान या तो केवल बुद्धि विलास है या फिर अध्यात्म के नाम पर बुद्धि का व्यायाम है।

सभी समस्याओं का समाधान है– तेजज्ञान। भय से मुक्ति, चिंतारहित व क्रोध से आज़ाद जीवन है– तेजज्ञान। शारीरिक, मानसिक, सामाजिक, आर्थिक

और आध्यात्मिक उन्नति के लिए है- तेजज्ञान। तेजज्ञान आपके अंदर है, आएँ और इसे पाएँ।

यदि आप ऐसा ज्ञान चाहते हैं, जो सामान्य ज्ञान के परे हो, जो हर समस्या का समाधान हो, जो सभी मान्यताओं से आपको मुक्त करे, जो आपको ईश्वर का साक्षात्कार कराए, जो आपको सत्य पर स्थापित करे तो समय आ गया है तेजज्ञान को जानने का। समय आ गया है शब्दोंवाले सामान्य ज्ञान से उठकर तेजज्ञान का अनुभव करने का।

अब तक अध्यात्म के अनेक मार्ग बताए गए हैं। जैसे जप, तप, मंत्र, तंत्र, कर्म, भाग्य, ध्यान, ज्ञान, योग और भक्ति आदि। इन मार्गों के अंत में जो समझ, जो बोध प्राप्त होता है, वह एक ही है। सत्य के हर खोजी को अंत में एक ही समझ मिलती है और इस समझ को सुनकर भी प्राप्त किया जा सकता है। उसी समझ को सुनना यानी तेजज्ञान प्राप्त करना है। तेजज्ञान के श्रवण से सत्य का साक्षात्कार होता है, ईश्वर का अनुभव होता है। यही तेजज्ञान सरश्री महाआसमानी शिविर में प्रदान करते हैं।

महाआसमानी परम ज्ञान
शिविर परिचय और लाभ (निवासी)

क्या आपको उच्चतम आनंद पाने की इच्छा है? ऐसा आनंद, जो किसी कारण पर निर्भर नहीं है, जिसमें समय के साथ केवल बढ़ोतरी ही होती है। क्या आप इसी जीवन में प्रेम, विश्वास, शांति, समृद्धि और परमसंतुष्टि पाना चाहते हैं? क्या आप शारीरिक, मानसिक, सामाजिक, आर्थिक और आध्यात्मिक इन सभी स्तरों पर सफलता हासिल करना चाहते हैं? क्या आप 'मैं कौन हूँ' इस सवाल का जवाब अनुभव से जानना चाहते हैं।

यदि आपके अंदर इन सवालों के जवाब जानने की और 'अंतिम सत्य' प्राप्त करने की प्यास जगी है तो तेजज्ञान फाउण्डेशन द्वारा आयोजित 'महाआसमानी शिविर' में आपका स्वागत है। यह शिविर पूर्णतः सरश्री की शिक्षाओं पर आधारित है। सरश्री आज के युग के आध्यात्मिक गुरु और 'तेजज्ञान फाउण्डेशन' के संस्थापक हैं, जो अत्यंत सरलता से आज की लोकभाषा में आध्यात्मिक समझ प्रदान करते हैं।

महाआसमानी शिविर का उद्देश्य :

इस शिविर का उद्देश्य है, 'विश्व का हर इंसान 'मैं कौन हूँ' इस सवाल का जवाब जानकर सर्वोच्च आनंद में स्थापित हो जाए।' उसे ऐसा ज्ञान मिले, जिससे वह हर पल वर्तमान में जीने की कला प्राप्त करे। भूतकाल का बोझ और भविष्य की चिंता इन दोनों से वह मुक्त हो जाए। हर इंसान के जीवन में स्थायी खुशी, सही समझ और समस्याओं को विलीन करने की कला आ जाए। मनुष्य जीवन का उद्देश्य पूर्ण हो।

'मैं कौन हूँ? मैं यहाँ क्यों हूँ? मोक्ष का अर्थ क्या है? क्या इसी जन्म में मोक्ष प्राप्ति संभव है?' यदि ये सवाल आपके अंदर हैं तो महाआसमानी शिविर इसका जवाब है।

महाआसमानी शिविर के मुख्य लाभ :

इस शिविर के लाभ तो अनगिनत हैं मगर कुछ मुख्य लाभ इस प्रकार हैं–

* जीवन में दमदार लक्ष्य प्राप्त होता है।
* 'मैं कौन हूँ' यह अनुभव से जानना (सेल्फ रियलाइजेशन) होता है।
* मन के सभी विकार विलीन होते हैं।
* भय, चिंता, क्रोध, बोरडम, मोह, तनाव जैसी कई नकारात्मक बातों से मुक्ति मिलती है।
* प्रेम, आनंद, मौन, समृद्धि, संतुष्टि, विश्वास जैसे कई दिव्य गुणों से युक्ति होती है।
* सीधा, सरल और शक्तिशाली जीवन प्राप्त होता है।
* हर समस्या का समाधान प्राप्त करने की कला मिलती है।
* 'हर पल वर्तमान में जीना' यह आपका स्वभाव बन जाता है।
* आपके अंदर छिपी सभी संभावनाएँ खुल जाती हैं।
* इसी जीवन में मोक्ष (मुक्ति) प्राप्त होता है।

महाआसमानी शिविर में भाग कैसे लें?

इस शिविर में भाग लेने के लिए आपको कुछ खास माँगें पूरी करनी होती हैं। जैसे –

१) आपकी उम्र कम से कम अठारह साल या उससे ऊपर होनी चाहिए।

२) आपको सत्य स्थापना शिविर (फाउण्डेशन ट्रुथ रिट्रीट) में भाग लेना होगा, जहाँ आप सीखेंगे– वर्तमान के हर पल को कैसे जीया जाए और निर्विचार दशा में कैसे प्रवेश पाएँ।

३) आपको कुछ प्राथमिक प्रवचनों में उपस्थित होना है, जहाँ आप बुनियादी समझ आत्मसात कर, महाआसमानी शिविर के लिए तैयार होते हैं।

यह शिविर साल में चार या पाँच बार आयोजित होता है, जिसका लाभ हज़ारों खोजी उठाते हैं। इस शिविर की तैयारी आगे दिए गए स्थानों पर

कराई जाती है। पुणे, मुंबई, दिल्ली, सांगली, सातारा, जलगाँव, अहमदाबाद, कोल्हापुर, नासिक, अहमदनगर, औरंगाबाद, सूरत, बरोडा, नागपुर, भोपाल, रायपुर, चेन्नई, वर्धा, अमरावती, चंद्रपुर, यवतमाल, रत्नागिरी, लातूर, बीड, नांदेड, परभणी, पनवेल, ठाणे, सोलापुर, पंढरपुर, अकोला, बुलढाणा, धुले, भुसावल, बैंगलोर, बेलगाम, धारवाड, भुवनेश्वर, कोलकत्ता, राँची, लखनऊ, कानपुर, चंदीगढ़, जयपुर, पणजी, म्हापसा, इंदौर, इटारसी, हरदा, विदिशा, बुरहानपुर।

आप महाआसमानी की तैयारी फाउण्डेशन में उपलब्ध सरश्री द्वारा रचित पुस्तकों, सी.डी. और कैसेटस् सुनकर कर सकते हैं। इसके अलावा आप टी.वी., रेडियो और यू ट्यूब पर सरश्री के प्रवचनों का लाभ भी ले सकते हैं मगर याद रहे, ये पुस्तकें, कैसेट, टी.वी., रेडियो और यू ट्यूब के प्रवचन शिविर का परिचय मात्र है, तेजज्ञान नहीं। आप महाआसमानी शिविर में भाग लेकर ही तेजज्ञान का आनंद ले सकते हैं। आगामी महाआसमानी शिविर में अपना स्थान आरक्षित करने के लिए संपर्क करें : 09921008060/75, 9011013208

महाआसमानी शिविर स्थान :

यह शिविर पुणे में स्थित मनन आश्रम पर आयोजित किया जाता है। इस शिविर के लिए भोजन और रहने की व्यवस्था की जाती है। यदि आपको कोई शारीरिक बीमारी है और आप नियमित रूप से दवाई ले रहे हैं तो कृपया अपनी दवाइयाँ साथ में लेकर आएँ । वातावरण अनुसार गरम कपड़े, स्वेटर, ब्लैंकेट आदि भी लाएँ।

'मनन आश्रम' पुणे शहर के बाहरी क्षेत्र में पहाड़ों और निसर्ग के असीम सौंदर्य के बीच बसा हुआ है। इस आश्रम में पुरुषों और महिलाओं के लिए अलग-अलग, कुल मिलाकर 700 से 800 लोगों के रहने की व्यवस्था है। यह आश्रम पुणे शहर से 17 किलो मीटर की दूरी पर है। हवाई अड्डा, हाइवे और रेलवे से पुणे आसानी से आ-जा सकते हैं।

मनन आश्रम : मनन आश्रम, पुणे, सर्वे नं. ४३, सनस नगर, नांदोशी गाँव, किरकट वाडी फाटा, तहसील - हवेली, जिला : पुणे - ४११०२४.
फोन : 09921008060

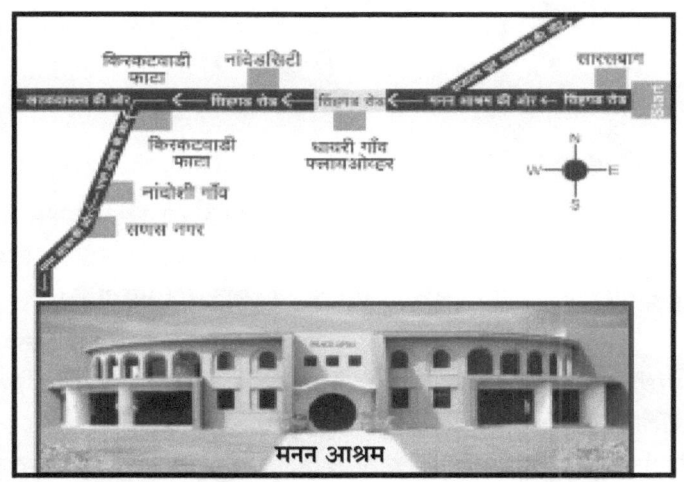

मनन आश्रम

अब एक क्लिक पर ही शिविर का रजिस्ट्रेशन !

तेजज्ञान फाउण्डेशन की इन शिविरों के लिए
अब आप ऑनलाईन रजिस्ट्रेशन भी कर सकते हैं–

* महाआसमानी परम ज्ञान शिविर परिचय और लाभ (पाँच दिवसीय निवासी शिविर)
* मैजिक ऑफ अवेकनिंग (केवल अंग्रेजी भाषा जाननेवालों के लिए तीन दिवसीय निवासी शिविर)
* मिनी महाआसमानी (निवासी) शिविर, युवाओं के लिए

रजिस्ट्रेशन के लिए आज ही लॉग इन करें

www.tejgyan.org

सरश्री द्वारा रचित श्रेष्ठ पुस्तकें

धीरज का जादू
संतुलित जीवन संगीत

Total Pages - 168
Price - 150/-

धीरज में ताकत है, धीरज में जादू है। धीरज निरंतर प्रयास है, प्रहार है, जो हर मुसीबत से आपको निकाल सकता है। हर कार्य के साथ यदि धीरज जुड़ जाए तो जीवन सीधा, सहज, सरल बन सकता है।

धीरज की शक्ति का सही और पूर्ण लाभ कैसे प्राप्त किया जाए, सरश्री ने इस पुस्तक के माध्यम से विस्तारपूर्वक समझाया है। मनोवांछित परिणाम प्राप्त करने में धीरज का जादुई असर होता है। धीरज का जादू संतुलित जीवन का संगीत बनकर दुःखद जीवन में सुख, शांति और समृद्धि भर देता है।

मूलतः तीन खण्डों में विभक्त यह पुस्तक धीरज का धनवान बनाने में हमारी मदद करती है। धैर्य, संयम, सहनशीलता ग्रहण करने का उपाय बताती है। 'वॉच, वेट विथ वंडर' अर्थात हर घटना को आश्चर्य से देखना और अगले पल का इंतजार करने की कला सिखाती है। यही सीखी गई कला हमें सुलझनभरा संतुलित जीवन जीने में काम आएगी।

इस पुस्तक में कई प्रेरक कहानियाँ ली गई हैं। इन कहानियों के द्वारा हम सब्र के मीठे फल की वास्तविकता को आसानी से समझ पाएँगे। यह पुस्तक धीरज के जादुई चमत्कार से वाकिफ कराने की सफल मार्गदर्शिका है, इसका अध्ययन हमारे जीवन को सीधा, सहज और सरल बना देता है। इसलिए ज़रूरी है कि आप धीरज पाने के लिए धीरज के साथ प्रयत्नशील रहें।

मन का विज्ञान
जीवन चरित्र और बहुमूल्य शिक्षाएँ

Total Pages - 176
Price   - 135/-

विज्ञान की मदद से विश्व में आज तक कई चमत्कार देखे गए हैं और कई चमत्कारों पर संशोधन जारी भी है। किंतु क्या कभी आपने आदर्श और प्रशिक्षित मन का चमत्कार देखा है? अगर नहीं तो यह पुस्तक आपके लिए है। हर कल्पना से परे विश्व का सबसे बड़ा चमत्कार आदर्श तथा प्रशिक्षित मन के साथ ही हो सकता है, यह 'मन का विज्ञान' इस पुस्तक द्वारा जान लें और जब मन सताए तब नीचे दी गई बातों पर महारत हासिल करें।

* मन क्या है, मन के भिन्न पहलू कौन से हैं और मन के बुद्ध कैसे बनें
* विचारों और भावनाओं द्वारा मन किस तरह सच पर हावी हो जाता है
* सरल उपमाओं द्वारा जानें मन की कार्यपद्धति
* मन के विकार और उनसे आज़ादी का मार्ग
* मन की सारी नकारात्मक आदतों से छुटकारा पाने के रचनात्मक तरीके
* मन को आदर्श बनाने का उद्देश्य और पद्धति
* मनोरंजन में मन कैसे उलझता है और उससे मुक्ति के उपाय
* मन के नाटक होते हैं अनेक, उनसे छुटकारा पाने के तरीके भी हैं अनेक
* मन के बुद्ध बनने के लिए आवश्यक आठ कदम

इस पुस्तक द्वारा आप सुप्त मन के अनोखे रूप से परिचित होंगे तथा मन के बुद्ध बनने का राजमार्ग जान पाएँगे, जो हमें मन सताने से पहले सीख लेना चाहिए।

– तेजज्ञान इंटरनेट रेडियो –

२४ घंटे और ३६५ दिन सरश्री के प्रवचन और भजनों का लाभ लें,
तेजज्ञान इंटरनेट रेडियो द्वारा। देखें लिंक
http://www.tejgyan.org/internetradio.aspx

हर रविवार सुबह १०.०५ से १०.१५ तक रेडियो विविध भारती, एफ. एम. पुणे पर 'तेजविकास मंत्र'

नोट : उपरोक्त कार्यक्रमों के समय बदल सकते हैं इसलिए समय की पुष्टि करें।

www.youtube.com/tejgyan

पर भी सरश्री के प्रवचनों का लाभ ले सकते हैं।
For online shoping visit us - www.tejgyan.org,
www.gethappythoughts.org

पुस्तकें प्राप्त करने के लिए नीचे दिए गए पते पर मनीऑर्डर द्वारा पुस्तक का मूल्य भेज सकते हैं। पुस्तकें रजिस्टर्ड, कुरियर अथवा वी.पी.पी. द्वारा भेजी जाती हैं।

पुस्तकों के लिए नीचे दिए गए पते पर संपर्क करें।

* WOW Publishings Pvt. Ltd. रजिस्टर्ड ऑफिस-E-4, वैभव नगर, तपोवन मंदिर के नज़दीक, पिंपरी, पुणे- 411017
* पोस्ट बॉक्स नं. 36, पिंपरी कॉलोनी पोस्ट ऑफिस, पिंपरी, पुणे - 411017

फोन नं.: 09011013210 / 9623457873

आप ऑन-लाइन शॉपिंग द्वारा भी पुस्तकों का ऑर्डर दे सकते हैं।
लॉग इन करें - www.gethappythoughts.org
32 रुपयों से अधिक पुस्तकें मँगवाने पर 10%की छूट और फ्री शिपिंग।

e-mail
mail@tejgyan.com

website
www.tejgyan.org, www.gethappythoughts.org

- विश्व शांति प्रार्थना -

पृथ्वी पर सफेद रोशनी (दिव्य शक्ति) आ रही है।
पृथ्वी से सुनहरी रोशनी (चेतना) उभर रही है।
विश्व से सारी नकारात्मकता दूर हो रही है।
सभी प्रेम, आनंद और शांति के लिए
खुल रहे हैं, खिल रहे हैं।'

यह 'सामूहिक अव्यक्तिगत प्रार्थना' तेजज्ञान फाउण्डेशन के सदस्य पिछले कई सालों से निरंतरता से कर रहे हैं। खुश लोग यह प्रार्थना कर सकते हैं और बीमार, दुःखी लोग उस वक्त एक जगह बैठकर इस प्रार्थना को ग्रहण कर स्वास्थ्य लाभ पा सकते हैं।

यदि इस वक्त आप परेशान या बीमार हैं तो रोज ९:०९ सुबह या रात को केवल ग्रहणशील होकर इस भाव से बैठें कि 'स्वास्थ्य और शांति की सफेद रोशनी जो इस वक्त कई प्रार्थना में बैठे लोगों द्वारा नीचे पृथ्वी पर उतर रही है, वह मुझमें भी अपना कार्य कर रही है। मैं स्वस्थ और शांत हो रहा हूँ।' कुछ देर इस भाव में रहकर आप सबको धन्यवाद देकर उठें।

तेजज्ञान फाउण्डेशन – मुख्य शाखाएँ

पुणे (रजिस्टर्ड ऑफिस)
विक्रांत कॉम्प्लेक्स, तपोवन मंदिर के नज़दीक, पिंपरी, पुणे-४११ ०१७. फोन : 020-27411240, 27412576

मनन आश्रम
सर्वे नं. ४३, सनस नगर, नांदोशी गाँव, किरकटवाडी फाटा, तहसील- हवेली, जिला- पुणे - ४११ ०२४. फोन : 09921008060

e-books
•The Source •Complete Meditation
•Ultimate Purpose of Success •Enlightenment
•Inner Magic •Celebrating Relationships
•Essence of Devotion •Master of Siddhartha
•Self Encounter, and many more.

Also available in Hindi at www. gethappythoughts.org

e-magazines
'Yogya Aarogya' & 'Drushtilakshya' emagazines available on www.magzter.com

www.ingramcontent.com/pod-product-compliance
Lightning Source LLC
LaVergne TN
LVHW041849070526
838199LV00045BA/1507
9789387696174